7 FATES
CHAKHO
WITH BTS

7FATES
CHAKHO
with **BTS**

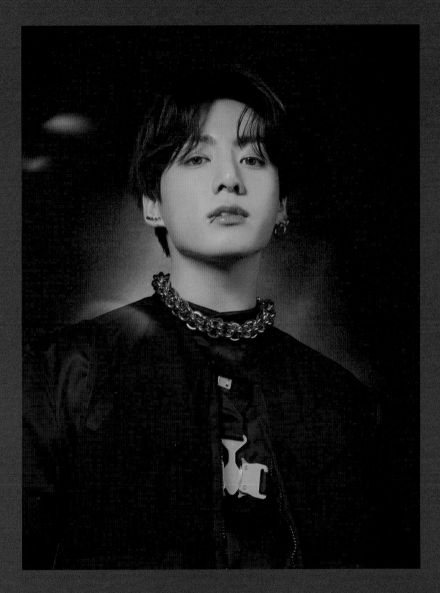

7FATES
CHAKHO
WITH BTS

7 FATES
CHAKHO
WITH BTS

7FATES
CHAKHO
WITH BTS

7FATES

CHAKHO

WITH **BTS**

7 FATES

CHAKHO

WITH **BTS**

기획/제작
HYBE

공동기획

WITH **BTS**

7

WEBNOVEL

학산문화사

차례

제77화

인왕산 part 2

인왕산 부근에 괴물이 많다는 표리의 말 때문에 긴장한 게 민망할 정도로 인왕산은 조용했다.

　인왕산 앞의 맨홀 뚜껑을 조금 열고 밖을 살피던 도건이 말했다.

　"아무것도 안 보여. 들리지도 않고. 범도 없고 괴물도 없는 것 같긴 한데……."

　"내가 한번 볼게."

　도건보다 감각이 예민한 호수가 나섰다.

　그도 한참 바깥을 주시하다가 말했다.

　"아무도 없어."

　그제야 착호는 표리를 데리고 밖으로 나왔다.

인왕산에서 범이 내려왔다는 게 알려진 후 인왕산을 찾는 사람은 없어졌다.

인적이 끊겼음에도 인왕산은 여전히 아름다운 정취를 자랑하며 그곳에 존재했다.

신시에서 벌어지는 일과 아무 상관도 없다는 듯이 그렇게 고요히 자리를 지켰다.

제하는 고개를 들어 인왕산 정상을 올려다봤다.

부모님의 죽음에 대한 비밀을 알기 위해 인왕산을 올랐던 일이 어제처럼 생생했다.

그때만 해도 제하는 평범한 20대 초반의 청년일 뿐이었다.

조금 외롭고 조금 고독하고 조금 쓸쓸하게 자랐을 뿐인 평범한 청년.

신묘한 힘을 얻어서 범과 싸우고 나아가 괴물과 환웅을 상대하게 될 거라고는 상상조차 하지 못했었다.

"중학생 때 가족끼리 인왕산에 올라간 적 있는데."

환이 그립다는 듯 중얼거렸다.

"동생이 너무 힘들어서 올라가기 싫다고 떼쓰는 바람에 내가 걔 업고 정상까지 올라가느라 죽을 뻔했었어. 지금이라면……."

환은 끝까지 말하지 않았지만, 그 자리에 있는 모두는 그가 무슨 말을 하려고 했는지 알 수 있었다.

지금이라면 백 번이라도 업고 올라가 줄 텐데.

작년 1월부터 지금까지 너무 많은 것이 사라지고 변했다.

이제 두 번 다시는 그때의 평온한 일상으로 돌아가지 못할 것이다.

괴물을 죽이고 환웅을 죽여도 소중한 사람이 살아서 돌아오는 건 아니니까.

그럼에도 착호는 이 모든 것을 끝내야만 한다는 걸 알았다.

나의 일상은 되찾지 못해도 누군가의 일상은 되돌려줄 수 있을 테니까.

단지 그 이유를 위해 착호는 말없이 인왕산을 올랐다.

인왕산까지는 표리가 앞장섰지만, 인왕산에 들어온 후부터는 하루가 앞장섰다.

하루는 아까부터 말이 없었다.

"하루야. 무슨 생각을 그렇게 해?"

주안이 하루의 어깨를 살짝 치면서 물었다.

평소라면 이상한 말투로 대답을 해줄 텐데, 하루의 입술은 움직일 생각을 하지 않았다.

주안이 슬쩍 제하를 돌아보자, 제하가 자기도 모르겠다는 듯 어깨를 으쓱했다.

세인이 옆에 있던 호수에게 작은 목소리로 물었다.

"하루는 왜 저렇게 폼을 잡는 거야?"

"하루가 인왕산 범바위라고 하지 않았어? 하루한테는 고향에 돌아온 기분 아닐까?"

"그런데 쟤가 정말로 범바위일까? 바위는 그냥 돌일 뿐인데……."

"뭐, 옛날이야기에 보면 빗자루도 오랜 시간이 지나면 변신도 하고 그런다잖아. 하루도 그런 거 아니겠어?"

두 사람이 작게 떠들기는 했지만 하루에게 충분히 들릴 만한 목소리였는데도 하루는 뒤를 돌아보지 않았다.

그렇게 한참을 걸었을 때 도란도란 대화를 나누는 소리가 들려왔다.

표리가 허리를 곧추세우더니 갑자기 달리기 시작했다.

"표리, 같이 가!"

제하가 놀라서 그의 뒤를 따라갔다.

조금씩 싹이 올라오기 시작한 나무들을 헤치고 달려간 곳에 한 무리의 사람들이 모여 있었다.

살아남은 두두리 일족이었다.

"표리!"

표리를 알아본 사람이 두 팔을 벌리고 달려왔다.

다른 이들도 다가와서 표리의 등을 두드리고 재회의 기쁨을 나눴다.

그러는 동안 착호는 우두커니 서서 그들을 지켜봤다.

스무 명이 조금 넘을까?

이렇게 많은 두두리 일족을 보는 건 처음이었다.

하지만 표리에게는 그 수가 너무 적게 느껴질 것이다.

"장로님은?"

표리의 질문에 옆에 있던 두두리들이 고개를 숙였다.

표리도 눈을 질끈 감았지만 눈물을 흘리지는 않았다.

그저 낮은 목소리로 질문했다.

"어때? 이곳에 오니까 뭔가 달라지는 게 느껴져?"

두두리들이 고개를 저었다.

"아니, 아무것도……. 절도 해보고 빌어도 보고 피도 좀 떨어뜨려 보고…… 할 수 있는 건 다 해봤는데 아무것도 달라지지 않았어."

표리의 얼굴이 일그러졌다.

장로에게 들은 인왕산의 결계 이야기는 표리와 두두리 일족에게 마지막 희망이었다.

고대의 힘이 돌아오면 지금보다 훨씬 성능이 좋은 무기를 만들 수 있을 것이고, 앞으로의 싸움에 도움이 될 터였다.

하지만 아무것도 달라지지 않았다니.

표리는 눈을 뜨고 착호를 돌아봤다.

표리를 믿고 이곳까지 함께 온 착호는 그저 슬픈 눈으로 표리를 지켜보고 있었다.

그 눈빛이 너무 많은 동족을 잃은 표리를 향한 안쓰러움 때문이라는 걸 알자, 표리는 더 가슴이 먹먹해졌다.

"얘들아, 나는……."

표리가 거기까지 말했을 때였다.

"여기다, 제하!"

뒤쪽에서 하루의 외침이 들려왔다.

착호는 그 소리를 듣자마자 무기를 움켜쥐고 목소리가 들린 곳을 향해 달렸다.

"여기가!"

하루가 허공에 대고 무언가를 비틀어 열려는 것처럼 힘을 주고 있었다.

놀랍게도 아무것도 없는 허공에 균열이라도 있는 것처럼 하루의 손이 그 안으로 사라져 있었다.

"그림자의 세계다!"

그 순간.

공간이 비틀어지는 것과 동시에 착호가 두두리 일족의 눈앞에서 사라졌다.

착호가 사라졌을 때, 후포는 허서를 비롯한 10명의 부하들을 이끌고 지하 통로를 헤매는 중이었다.

나머지 부하들에게는 지상을 돌아다니는 괴물을 맡겼다.

대부분 중급 이하 범이기는 하지만, 여러 명이 함께 공격한다면 괴물 한 마리 정도는 충분히 상대할 수 있을 터였다.

상급 범들과 함께 지하로 내려온 건, 마로의 증언 때문이었다.

마로는 인간과 범들이 흘린 피가 땅으로 스며든다며 지하에 무언가 있는 것이 분명하다고 했다.

허서가 하품을 하며 물었다.

"마로, 진짜로 이런 데에 뭐가 있을 것 같냐?"

"있다."

"지하로 피가 흘러들었다고 치자. 지하에서 다시 지상 어딘가로 끌어올려서 사용할 수도 있는 거잖아."

"이것들."

마로가 지하 통로 위로 얼기설기 얽혀서 지나가는 관을 가리켰다.

"이상하지 않냐?"

"뭐가 이상해? 그냥 물 빠지는 거 아냐? 아, 전선. 인간들은 전선이라는 걸 땅에 묻는댔어."

"전선은 이렇게 굵지도 않고 징그럽지도 않고……."

"피 냄새가 나는군."

후포가 끼어들었다.

고개를 들고 킁킁거리던 후포가 손톱을 길게 빼내서 기분 나쁜 관을 푹 찔렀다가 얼른 손을 뒤로 빼냈다.

범의 힘으로 찌른 건데도 관에는 상처 하나 나지 않았다.

후포가 입술을 비틀었다.

"아무래도 마로 말이 맞는 것 같다. 이 관, 그 괴물을 찌를 때랑 비슷한 느낌이군."

"오, 그래요? 어디 봐요."

허서도 후포처럼 손톱으로 관을 찔렀다가 "으악!" 하며 손을 빼냈다.

"기분 나빠."

옥엽이 관을 따라 시선을 움직였다.

"어디가 됐든 이 관이 향하는 곳에 뭔가가 있겠군요."

"그래, 늦기 전에."

거기까지 말하고 후포가 고개를 들었다.

다들 후포를 따라서 고개를 들었지만 그곳에 있는 것이라고는 이끼가 잔뜩 낀 지하 통로의 천장뿐이었다.

이윽고 허서가 귀를 쫑긋하더니 인상을 찌푸렸다.

"주군, 위에서 인간 아닌 것들이 돌아다니고 있습니다. 수가 많아요."

그 말에 범들의 손톱이 길어졌다.

그들은 후포의 명령만 떨어진다면 당장 지상에 올라가서 괴물을 베어 죽일 준비를 했다.

후포는 잠시 고민하다가 말했다.

"지상의 일은 지상에 남은 녀석들에게 맡긴다. 너희는 여기에 집중해."

"하지만 주군. 그 녀석들은 고작해야 괴물 몇 마리만 상대할 수 있을 거예요."

"정 안 되면 도망치라고 일러뒀으니 목숨은 부지하고 있을 거다. 이곳의 일을 빨리 처리하면 올라가는 것도 빨라지겠지. 아니면 허서, 너라도 올라가 볼 테냐?"

후포의 말에 허서는 씩 웃었다.

"제가 가면 주군은 누가 돌봅니까?"

"……나는 돌봄이 필요 없다, 허서."

"필요 없으시긴요. 우리 주군, 마음이 터무니없이 약하셔서 제가 안 보이면 훌쩍거리시는 거 다 아는데요."

타악-

마로가 허서의 뒤통수를 때렸다.

"주군께 못 하는 말이 없다, 허서."

"너는 못 하는 짓이 없었지, 마로. 주군의 명을 따르지 않고 인간 놈이랑 붙어서 미친 짓거리를 했던 게 누구더라?"

"주군께서 용서하신 일로 네가 떠들 건 없지."

"그렇다고 해서 네가 그렇게 기세등등할 것도……."

퍼억-!

퍽-!

둘의 뒤에 서 있던 옥엽이 주먹으로 허서와 마로의 등을 갈
겼다
"닥치고 집중해. 이 어린애 같은 놈들아."

고대 도시가 있었다.

고풍스럽지만 아름다운 영조물들이 빽빽이 들어찬, 촌락이
라 하기에는 무척이나 넓은 지역이 산자락에 둘러싸여 있었
다.

거미줄처럼 뻗은 길가에 초가집, 기와집들이 조화롭게 자리
했고 그 사이사이에 자라는 나무들은 풍성한 잎사귀를 자랑
했다.

구름 몇 점이 떠다니는 하늘이 있고, 도시 중앙을 따라 흐
르는 넓은 강줄기가 있었다.

강가에는 나란히 앉아서 대화를 나누는 사람들도 있고, 뭔
가를 하며 노는 아이들이 있었다.

어떤 사람은 집을 고치고 있었고, 또 어떤 사람은 지게에 뭔
가를 잔뜩 짊어지고 걸어갔다.

도시 중앙에는 그 끝이 보이지 않을 정도로 높고 거대한 나무가 한 그루 자라고 있었다.

그곳은 마치 그림 같았다.

회색 물감으로 그린 그림.

그 도시는 모든 것이 잿빛이었다.

제 78 화
잿빛 도시 part 1

"내가…… 꿈을 꾸는 건가?"

도건이 낮게 가라앉은 목소리로 중얼거렸다.

그제야 다른 일행도 정신을 차렸다.

"이게…… 대체……?"

"뭐야? 왜 온통 회색이지?"

호수와 세인의 말에 조용히 도시를 내려다보던 하루가 입을
열었다.

"신시다."

"신시? 저게 신시라고?"

"그래, 제하. 저게 신시다. 내 기억 속의 신시."

"아……!"

제하는 자신이 보는 게 무엇인지 깨달았다.

그러고 보니 꿈에서 저런 도시를 보았던 것 같다.

꿈에서 본 도시는 천연색으로 찬란하게 빛났지만.

"고대의 신시……."

하루가 훌쩍 뛰어내리며 말했다.

"가보자꾸나."

착호는 하루를 따라서 산을 내려갔다.

힘을 얻게 된 후 빠르게 달리는 건 어렵지 않은 일이었다.

그런데 이상하게도 몇 분 달리지 않았는데 숨이 턱까지 차올랐다.

제하가 헐떡거리며 하루를 불렀다.

"자, 잠깐. 하루야."

날 듯이 달리던 하루가 왜 그러냐는 듯 고개를 갸우뚱했다.

도건이 상체를 구부리고 숨을 몰아쉬었다.

"허억……, 왜 이렇게……, 헉……, 힘들지?"

"으아……, 헉……, 죽겠다……, 으아……."

세인이 털썩 주저앉는 걸 의아한 듯 지켜보던 하루가 아, 하고 주먹을 손바닥에 쳤다.

"이곳은 시간의 흐름이 멈춘 곳이지. 그래서……."

하루가 그들의 옆을 가리켰다.

그곳에는 도끼로 벤 것 같은 나무둥치가 여러 개 있었다.

"자라지도 않고 죽지도 않는다."

하루가 강 쪽을 가리켰다.

"흐르지도 않지. 그저 존재할 뿐. 아마 공기도 그러한가 보다."

"공기가…… 부족한 건가?"

가슴에 손을 얹고 숨을 몰아쉬는 환을 보며 하루가 쓸쓸하게 답했다.

"그래, 이 세계도 곧 사라지겠지."

"사라진다니……."

호수가 믿을 수 없다는 듯 도시를 내려다봤다.

그곳에는 예상보다 훨씬 더 많은 범이 살고 있었다.

그들은 신시에 내려온 범들과 달리 무해해 보였다.

멀리서 보면 그저 평범한 인간들이 사는 곳 같았다.

세인이 물었다.

"일단…… 여기가 네가 말한 그 그림자 세계? 결계? 거기인 거지?"

"그래."

"그럼 저 사람들은 그 고대 신시에서 벌어진 전쟁 때부터 쭉 여기에 갇혀 있었던 거네? 그 전쟁을 경험했고?"

"그래."

"그럼…… 괜찮을까? 처음에 신시에 내려온 범들이 우릴 얼마나 증오했는지 잊었어? 지금이야 그놈들이 인간을 공격하지는 않지만……. 저들은 밖에서 무슨 일이 벌어지는지 모르잖아. 만약 저 사람들이 우릴 공격하면 어떡해? 난 지금 걷는 것도 힘든데."

세인의 지적은 옳았다.

이 세계에 시간이 흐름을 멈췄다면 증오 역시 수천 년 전 그대로 저 도시 전체에 고여 있지 않을까?

일년 전에 인왕산을 내려오던 범들의 가슴이 증오로 새까맣게 물들었듯이 지금 이 안에 있는 범들도 그렇지 않을까?

"그 증오가 아직 이곳을 채우고 있을지도 모르지."

하루가 잿빛 도시를 내려다보며 담담하게 말했다.

그제야 일행은 하루 역시 이 도시처럼 잿빛이라는 걸 깨달았다.

회색 머리칼과 잿빛 눈동자를 가진 하루는 마치 이곳에서 나고 자란 것처럼 보였다.

하루가 일행을 돌아봤다.

"하지만 모두가 전사는 아니다. 인간들이 그러한 것처럼."

모두가 전사는 아니다.

처음에는 의아했으나 곧 그 의미를 깨달았다.

소수의 전사와 다수의 민간인.

지금껏 인간 사회에서 있어 온 전쟁도 그랬고, 이번에 범과의 전쟁에서도 그랬다.

싸움을 위해 무기를 든 전사는 일부이고, 대부분은 그저 평화롭기를 바라며 두려움에 떠는 민간인일 뿐이었다.

하루가 다시 걸음을 옮겼다. 이번에는 아까보다 느린 속도였다.

그들은 20분쯤 걸어서 잿빛 도시의 거리에 서게 되었다.

도시는 멀리에서 볼 때와 다르게 많은 곳이 상해 있었다.

균열이 생긴 건물들과 부서진 길, 도시 전체를 채운 삭막한 공기.

도시는 마치 회색 모래로 세운 것처럼 불안하게 유지되고 있었다.

"사라져가는구나……."

제하는 신시에 내려온 범들이 왜 그리도 조급했는지 알 것 같았다.

하루의 말대로 이 세계는 이제 그 역할을 다했다.

조만간 모든 것이 부서져서 모래처럼 흩어질 것이다.

제하가 옆에 있는 초가집으로 손을 뻗었을 때였다.

초가집의 문이 열리며 10대로 보이는 소녀가 어린 동생의 손을 잡고 밖으로 나오고 있었다.

"오늘은 힘드니까 멀리 가지 말고……."

동생에게 주의를 주며 나오던 소녀가 뒤늦게 착호를 발견하고 우뚝 멈췄다.

범 소녀의 눈이 휘둥그레 커졌다.

착호는 소녀가 비명을 지를 거라고 예상했지만, 소녀는 두 눈을 깜빡거리다가 물었다.

"누구세요?"

"아…… 저기, 우리는…… 어, 뭐라고 해야 하지?"

세인도 소녀만큼이나 놀라서 더듬더듬 말을 잇다가 도건을 돌아봤다.

그때 소녀의 남동생이 검지를 죽 뻗으며 말했다.

"인간."

"인간? 정말?"

"응, 인간. 나래 누나가 그랬잖아. 곰족은 인간이 돼서 귀도 없고 꼬리도 없고 몸도 작아졌다고."

'나래'라는 말에 주안이 반응했다.

주안은 들고 있던 창을 옆에 내려놓고 두 아이에게 다가갔다.

"너희들, 나래를 알아?"

"네, 나래 언니는 저기, 저 집에 살거든요."

소녀가 옆옆 집을 가리키다가 뭔가 깨달은 듯 두 손으로 입을 막았다.

"혹시…… 나래 언니 애인이세요?"

주안이 미소 지었다.

"응, 내가 나래 남자친구야."

"우와, 우와. 나래 언니가 매일 얘기했어요. 되게 쪼꼬맣고 귀엽다고. 그래서 요만 할 줄 알았는데, 생각보다 크네요."

소녀가 손바닥으로 무릎 높이를 가리키며 말했다.

주안이 웃었지만, 착호의 눈에는 주안이 울고 있는 것처럼 보였다.

그동안 표현하지 않았을 뿐, 나래를 잃은 슬픔은 여전히 주안을 잠식하고 있었다.

"그런데 나래 언니는 같이 안 왔어요?"

밖의 일을 모르는 소녀는 착호 뒤쪽을 힐끔거리며 나래를 찾았다.

주안은 잠시 망설이다가 대답했다.

"응, 그렇게 됐어."

"같이 왔으면 나래 언니가 여기저기 구경시켜줬을 텐데. 그런데 저 밖에는 굉장하다면서요? 나래 언니가 항상 그랬어요. 굉장하다고."

"응, 맞아. 굉장해. 너희도 보여주고 싶다."

"저희는 못 나가요. 나가려면 힘이 필요한데 저희는 그만한 힘이 없거든요. 그래도 이번에 후포 님이 모두가 다 나갈 수 있도록 뭔가를 하고 돌아오실 거라고 했어요."

"아저씨, 마로 형 만났어요? 마로 형 엄청 센데!"

소년이 끼어들었다.

착호는 그 말에 어떻게 대답해야 좋을지 알 수 없었지만, 그에게 연인을 잃은 주안은 다정하게 말했다.

"응, 엄청 세더라."

소년이 씩 웃자 작고 뾰족한 송곳니가 드러났다.

"마로 형이 제일 세요."

"아니야. 허서 오라버니가 훨씬 세거든!"

"마로 형이 더 세!"

티격태격하는 아이들을 보며 착호 일행은 무어라 설명하기 힘든 감정을 느꼈다.

저 밖에서는 서로가 증오에 허우적거리며 목숨을 걸고 치열한 싸움을 하고 있었지만, 이곳은 가슴이 아릴 만큼 평화로웠다.

아무리 어린아이들이라도 이 세계가 서서히 부서지고 있다는 걸 느낄 수 있을 텐데, 아이들은 순수하고 순진하게 이 잿빛 세계를 살아가고 있었다.

저 밖에서 아무 걱정 없이 살았던 신시의 아이들과 언제 무너질지 모르는 잿빛 신시를 살아가는 아이들이 겹쳐졌다.

그리고 이 아이들을 보며 후포를 비롯한 그의 일행들이 느꼈을 감정도.

우리의 아이들은 곧 부서질 세계를 아등바등 살아가는데, 너희의 아이들은 모든 것을 손에 쥐고 행복하게도 살아가는구나.

우리의 세계는 부서지기 직전인데, 우리를 이곳에 몰아넣은 너희는 참으로 찬란한 도시를 살아가는구나.

질투와 배신감과 뼈 아픈 패배감이 긴 시간 동안 차곡차곡 쌓여 다른 감정을 모조리 밀어냈을 것이다.

이제야 인간을 향한 후포 일행의 증오를 이해할 수 있었다.

"오라버니, 우리 신단수 구경할래요?"

소녀가 주안의 옷자락을 잡았다.

"신단수를?"

"저 나무요. 옛날에는 저 나무가 우리에게 힘을 줬어요."

주안이 일행을 돌아보자, 하루가 고개를 끄덕였다.

그들은 소녀와 소년을 따라서 신단수를 향해 걸어갔다.

"지금은 저 나무가 너희에게 힘을 안 주니?"

"네, 옛날에 타배 님이랑 후포 님이랑 크게 싸웠거든요. 후포 님 말씀으로는 진짜 신단수는 그때 부서졌대요. 타배 님이 신단수를 부쉈대요."

후포와 달리 소녀는 자신들을 이곳에 몰아넣은 타배를 미워하는 것 같지 않았다.

제하가 조심스럽게 물었다.

"타배 때문에 이곳에 갇힌 건데 그 사람이 밉지 않아?"

"음……, 뭔가 일이 있었나 봐요. 우리 범족 누군가가 곰족이랑 다른 종족을 죽였다고 하던데. 후포 님 말씀으로는 오해가 있을 거라고 했어요. 오해를 풀면 된다고……."

도건이 옆에 있던 환에게 작은 목소리로 말했다.

"후포는 증오를 아이들에게까지 전하지는 않았나 봐."

"……생각보다는 괜찮은 놈인가 보네."

"그러니까 애들이 저렇게 따르겠지."

"우리한테는 무시무시한 적인데."

사람에게는 여러 모습이 있는 것처럼 후포 또한 그랬다.

착호는 자신들이 알고 있는 후포와 아이들이 아는 후포를 도통 같은 인물로 생각할 수가 없었다.

그렇게 걷다가 신단수 앞의 넓은 공터에 도착했다.

가까이에서 보는 신단수는 가짜인데도 위압감이 어마어마했다.

고개를 아무리 들어도 그 끝에 도달할 수가 없었다.

착호가 말로만 듣던 신단수를 올려다보는데, 뒤에서 경계심 가득한 목소리가 들려왔다.

"인간 놈들이 왜 이곳에 있지?"

제 79 화
잿빛 도시 part 2

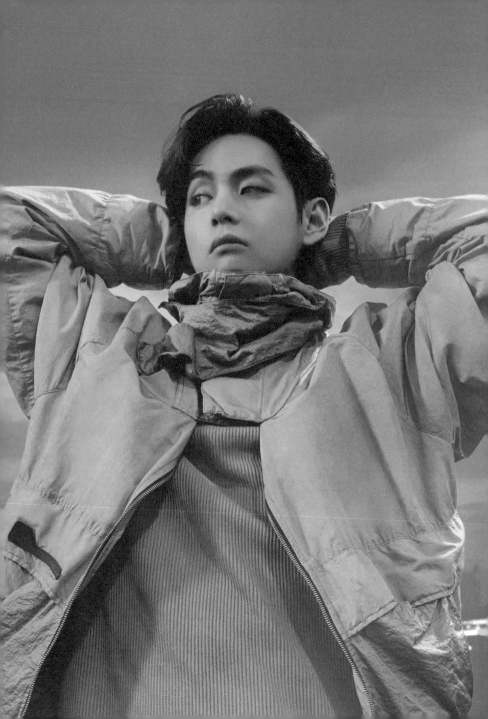

깜짝 놀란 착호가 뒤를 돌아보자, 회색과 검은색 줄무늬를 가진 범이 싸늘한 눈빛을 보내왔다.

하루와 비슷한 도포를 걸친 그는 길고 날씬한 장검을 품에 안고 있었다.

그의 노란 눈동자가 슬쩍 움직여 제하가 허리에 차고 있는 척살검으로 향했다.

"척살검인가?"

그가 검 손잡이를 쥐자 소녀가 외쳤다.

"유수!"

유수라고 불린 이가 소녀의 외침에 움찔하더니 별일 아니라는 듯 싱긋 웃었다.

"운로, 금몽. 애들은 어른들 일에 끼어들지 말고 가라."

운로라는 소녀가 주안의 옷자락을 꽉 잡았다.

"손님이야. 나래 언니 애인이래."

"아하. 나래의?"

유수가 주안을 위아래로 훑어보더니 히죽 웃었다.

"나래는 어디에 두고?"

주안은 대답하는 대신 아이들을 슬쩍 쳐다본 후 다시 유수에게 시선을 고정했다.

유수의 입가에서 미소가 가셨다.

그는 어두운 표정으로 주안을 응시하다가 아이들에게 말했다.

"이제 내 손님이다. 너희는 가라."

"우리가 가면 싸울 거잖아. 유수 오라버니는 싸움을 좋아하니까."

"……안 좋아해."

"좋아하잖아. 마로랑 불티가 싸우면 만날 거기에 끼어들면서."

"그건 말리려고…… 하아. 가라. 어른들끼리 할 얘기가 있으니까. 너도 뭐라고 말 좀 해봐."

유수가 채근하자 주안이 아이들에게 부드럽게 말했다.

"나는 이 사람이랑 얘기 좀 할게. 나중에 같이 놀까?"

"유수는 싸움꾼이에요. 괜찮겠어요?"

"응, 괜찮아."

주안이 다정하게 미소지었지만 운로와 금몽은 불안한 듯 몇 번이나 유수를 힐끔거리다가 그곳을 떠났다.

하지만 멀리 가지는 않고 공터 근처의 건물 뒤에 숨어서 이쪽을 지켜보고 있었다.

유수가 어쩔 수 없다는 듯 어깨를 으쓱했다.

"나에 대한 신뢰가 전혀 없군."

"나래는 죽었어."

"너희가 죽였나?"

"불티가 죽였지."

유수의 얼굴이 일그러졌다.

그는 반박하기 위해 입을 벌렸다가 관두고 고개를 저었다.

"이곳을 떠날 때 모두 반쯤 미쳐 있었지. 너희는 너무 행복해 보이는데 이 세계는……."

유수가 신단수를 손으로 움켜쥐자, 견고해 보였던 신단수가 한 움큼 부서져서 흩어졌다

"사라져가고 있거든."

그들은 잠시 침묵하며 흩어져 날아가는 신단수의 가루를 응시했다.

이윽고 제하가 물었다.

"여기 있는 사람들은 저 밖의 상황을 몰라?"

"몇은 알지. 대부분은 모르고. 그저 주군께서 인간들과 화해를 하기 위해 대화를 나누러 갔다고 알고 있다. 상황은 어떻지? 너희가 이곳에 온 걸 보면…… 우리가 졌나?"

"지지도 않고 이기지도 않았어. 우리와 너희의 싸움은 멈췄어."

"화해를 한 건가?"

"아니."

제하가 신단수 뒤로 돌아가는 하루를 눈으로 좇으며 말했다.

"괴물이 나타났어."

"괴물이라니……?"

유수가 황당한 듯 되물을 때였다.

아까부터 신단수 근처에서 무언가를 찾듯이 두리번거리던 하루가 뭔가를 집어 들며 외쳤다.

"찾았다!"

유수가 휙 뒤를 돌아봤을 때, 하루는 아주 작은 무언가를 손에 쥐고 있었다.

하루가 그것을 꽉 움켜쥐는 순간, 바람도 없는 이곳에서 그의 도포 자락이 펄럭거렸다.

하루가 그 작은 조각을 자신의 이마에 대며 말했다.

"내 마지막 조각."

후포가 제하를 이용해서 범바위의 결계를 깰 때 떨어져 나갔던 한 조각이 하루의 이마에 녹아 들어갔다.

하루의 몸이 점점 커지기 시작했다.

생각지도 못한 일이 벌어지는 바람에 착호는 어안이 벙벙하여 움직일 생각도 하지 못한 채 하루를 지켜봤다.

펄럭거리던 도포 자락이 사라지고 창백한 피부가 잿빛으로 변해가다가 어느 순간 하루가 있던 자리를 신묘한 모양의 범바위가 차지했다.

"하루야!"

제하가 손을 뻗으며 외치는 것과 동시에.

스아아아-!

강대한 힘이 착호를 덮쳤다.

신시의 어둠에 숨어 있던 괴물들에게 환웅의 명령이 전해졌다.

　　《시작해라.》

　　환웅의 살과 힘으로 만들어진 괴물들에게는 단지 그 명령으로 충분했다.

　　괴물들은 아버지인 환웅이 무엇을 원하는지 알았다.

　　괴물들이 어둠을 벗어났다.

　　신시의 시민들은 범의 습격을 경험해보았지만, 괴물의 존재는 일년 전과 차원이 달랐다.

　　이 세상에 존재하지 않을 것 같은 끔찍한 모양새와 온갖 안 좋은 것들을 끌어다가 버무린 듯한 악취.

　　사람은 상상의 범위를 벗어난 것을 목도하면 이루 말할 수 없는 공포를 느끼게 된다.

　　범의 습격에는 두려워하면서도 유지되어왔던 일상이 괴물의 등장에 여지없이 무너졌다.

　　"꺄아아아아아악!"

"으…… 으어허어어억!"

여기저기서 비명 소리가 터져 나왔다.

"사, 사, 살려줘! 살려줘!"

처절하게 목숨을 구걸해도 도움의 손길은 오지 않았다.

아이의 손을 붙잡고 집 안의 작은 괴물에게서 도망 나온 남자는 집 밖에 있는 더 큰 괴물의 다리에 찢겼다.

"으아아아아앙! 아빠아아아아!"

아빠를 부르던 아이의 울음소리도 머지않아 끊겼다.

"가, 같이 가! 같이 가자고, 이 새끼들아!"

친구와 함께 도망치다가 넘어진 청년은, 매정하게 가버리는 친구들을 향해 손을 뻗다가 그 친구들의 앞을 막아선 괴물을 보았다.

꼴 좋다고 비웃을 수도, 도망치라고 소리를 지를 수도 없었다.

청년 역시 뒤에 있던 괴물에게 삼켜지고 있기에.

자동차나 오토바이를 타고 도망치는 사람도 멀리 가지 못했다.

같은 생각으로 차를 끌고 나온 사람들 때문에 도로는 꽉 막혀 있었다.

도로에 먹잇감이 많다는 걸 눈치챈 괴물 몇 마리가 도로로 향했다.

괴물들은 통조림 뚜껑을 따듯이 차창을 깨부수고 그 안에서 사람을 꺼내 우걱우걱 씹었다.

희생자들이 흘린 피는 땅으로 스며 흔적도 없이 사라졌다.

죽음이 난무한 곳에 피비린내는 없었다.

괴물들이 풍기는 끔찍한 악취만이 가득할 뿐.

운 좋게 괴물들을 피해서 도망치는 사람들은 자신들이 전부 한 방향으로 향한다는 걸 깨닫지 못했다.

그들이 향하는 곳에는 이샬 타워가 있었다.

❧

호랑나비 본부에 있던 범 사냥꾼들의 사정도 좋지 않았다.

본부의 화장실에서 들려오는 비명에 달려가 보니, 팔뚝만 한 크기의 괴물 세 마리가 범 사냥꾼을 뜯어먹고 있었다.

고작해야 중형견 크기의 괴물 세 마리를 상대하다가 두 명이 죽었다.

전투를 끝내고 시신을 수습하기도 전에 밖에서 비명이 들려왔다.

끊임없이 울려 퍼지는 절규.

범 사냥꾼들은 우려하던 일이 벌어졌다는 걸 깨달았다.

그들도 역시 사람인지라 두려웠다. 도망치고 싶었다. 모든 걸 관두고 싶었고, 저런 괴물에게 잡아먹히느니 그냥 스스로 삶을 마감하고 싶었다.

이곳에 범 사냥꾼들끼리 숨어서 작은 괴물이나 몇 마리 상대하다가 보면 모든 일이 끝날지도 모른다는 생각도 들었다.

범 사냥꾼들의 눈에 공포가 안개처럼 번졌다.

"가자."

동철이 옆에 있던 부하의 어깨를 툭 치며 말했다.

그는 다른 범 사냥꾼들까지 설득할 생각은 없었다.

목숨을 거는 일이다.

누구도 그것을 강요해서는 안 된다.

"저 사람들은 싸울 힘이 없잖냐."

동철이 부하에게 건넨 말에 범 사냥꾼들은 정신을 차리고 무기를 잡았다.

이 자리에 있는 범 사냥꾼이 모두 사람을 구하겠다는 대의를 위해 무기를 쥐고 이 자리에 온 것은 아니었다.

돈 때문에, 명예 때문에 범 사냥을 시작한 자들이 대다수였다.

하지만 그들은 알았다.

저기서 울부짖는 사람들이 사라지면 신시가 무너지고, 신시가 무너지면 돈도, 명예도 아무 쓸모가 없다는 것을.

"내가 어릴 때 어떤 책에서 본 말인데…… 큰 힘에는 큰 책임이 따른다더라."

누군가의 말에 누군가가 대꾸했다.

"책은 무슨. 만화책이겠지."

"만화책은 책 아니냐?"

그들이 나누는 대화는 특별히 웃긴 것도 아니었지만, 범 사냥꾼들은 작게 웃었다.

그래야 뱃속에서 폭발할 듯 끓어오르는 공포가 조금이나마 가실 테니까.

후포가 지상에 남겨두고 간 범들은 인간들보다는 안전했다.

"대체 어디에 저렇게 많은 게 숨어 있었던 거지?"

황갈색 범이 손톱을 길게 늘어뜨리며 중얼거렸다.

연회색 범이 황갈색 범의 손목을 잡았다.

"진짜로 싸우게?"

"주군이 저걸 보면 죽이라고 하셨잖아."

"그건 저게 한두 마리일 때 얘기지. 상급 범들 여러 명이서도 저거 하나 상대하기 힘들댔어. 너랑 내가 저걸 죽일 수 있을 것 같냐?"

"그렇다고 주군 명령을 무시해?"

"하지만…… 우리가 목숨을 걸 필요는……."

"안 갈 거면 봐. 나는 주군 명령에 따라야겠으니까."

황갈색 범이 지붕에서 뛰어내렸다.

연회색 범은 제 동족이 비슷한 체구의 괴물을 향해 머뭇거리지 않고 달려드는 것을 보았다.

황갈색 범은 결코 약하지 않았으나 그의 공격은 괴물에게 조금도 먹히지 않았다.

예리한 손톱은 괴물의 단단한 피부에 작은 상처 하나 내지 못했지만, 괴물의 발톱은 황갈색 범의 피부를 찢었다.

붉은 선혈이 허공에 흩뿌려지자 연회색 범의 손톱이 길어졌다.

"에이씨!"

연회색 범은 욕설을 뇌까리며 아래로 뛰어내렸다.

"우리가 왜 인간을 지켜야 하냐고!"

✦✦✦

이살 타워의 꼭대기에서는 신시에서 벌어지는 모든 일을 눈에 담을 수 있었다.

신시를 내려다보는 환웅에게서 즐거운 흥얼거림이 흘러나왔다.

인간들은 마치 인간의 발에 짓밟히는 개미 무리 같았다.

저들은 자신들이 개미의 입장이 될 줄은 꿈에도 몰랐을 것이다.

저 멀리서 들려오는 절규가 음악처럼 환웅의 귀를 적셨다.

피에 물들어 붉게 변한 공기가 아름다운 그림 같았다.

환웅의 아이들은 환웅이 의도한 대로 잘 움직여주고 있었다.

괴물들은 일부러 인간들을 전부 죽이지 않고 일부는 보내주었다.

자신이 운이 좋은 줄 알고 도망친 인간들은 이살 타워를 향해 달리고 있었다.

이제 곧 이살 타워 앞이 멍청한 인간들로 가득 채워질 것이다.

"역시 이변은 없군요."

환웅은 부채를 펼쳐서 살살 흔들었다.

환웅의 입꼬리가 귀에 닿을 만큼 길게 찢어져 올라갔다.

"진작에 이리할 것을……."

제 80 화
잿빛 도시 part 3

지하에 있던 후포 일행은 믿을 수 없는 광경을 목도하고 얼어붙었다.

차고 축축한 공기에 섞인 악취를 따라왔는데 이런 것을 보게 될 줄은 몰랐다.

거대한 공간이 있었다.

몹시도 불길한 것들이 그 공간을 빼곡히 채우고 있었다.

사람 팔뚝만 한, 혹은 그보다 조금 더 큰 크기의 반투명하고 길쭉한 알들.

반투명한 알껍데기에는 혈관 같은 것이 거미줄처럼 뻗어 있었고, 그 안에는 기괴하게 생긴 것이 태아처럼 웅크리고 있었다.

지하 통로로 뻗어 있던 관들은 중앙에 있는 기계의 꼭대기와 연결되어 있었고, 기계의 옆면에서 뻗어 나온 무수히 많은 가느다란 관들이 알과 하나하나 연결되어 있었다.

　"이게 대체⋯⋯."

　안으로 한 걸음 내딛는 허서의 눈에서 장난기가 사라졌다.

　옥엽이 앞으로 나아가 알껍데기 안을 자세히 관찰했다.

　"괴물이네요."

　옥엽의 말이 끝나기가 무섭게 굵은 관이 꿀렁, 움직였다.

　무언가가 관을 타고 기계 안으로 들어갔다가 동시에 가느다란 관들을 통해 퍼져나갔다.

　알껍데기 안을 채운 액체가 붉게 물들었다.

　안에 들어있는 괴물들이 꿈틀꿈틀 움직이자 붉었던 액체가 서서히 투명하게 변해갔다.

　괴물이 피를 흡수하는 것이다.

　모든 것이 명백해졌다.

　환웅은 지하에서 괴물을 키우고 있고, 신시에서 흘리는 피는 괴물의 양분이 되었다.

　인간과 범, 그 외 다양한 생물의 죽음을 먹고 자란 괴물들.

　괴물에게서 퍼져나오는 공포와 악취는 수많은 죽음에서 비롯된 것이었다.

허서가 알껍데기를 향해 손을 뻗었다가 손가락 끝이 닿기 전에 얼른 거두었다.

"환웅은 어떻게 이런 걸 만들어내는 거지?"

그런 건 아무래도 좋다고 후포는 생각했다.

이것이 무엇이든, 어떻게 만들어냈든, 피와 죽음이 있어야만 탄생하는 것은 불길하다. 존재해서는 안 된다.

크르르르르르-

후포의 몸이 울리며 손톱이 길게 자라났다.

"주군, 아직 저게 뭔지 확실하지도 않은데……!"

옥엽이 말리려 했지만, 후포가 더 빨랐다.

그의 거대한 육체가 총알처럼 쏘아져 나갔다.

열 개의 손톱이 난무하며 근처에 있는 불길한 것들을 사정없이 베어냈다.

알껍데기는 성장한 괴물만큼 강하지 않아서 후포의 손짓 하나에 베어지고 깨졌다.

촤아아악-

안에 들어 있던 액체가 터져 나오자 허서가 기겁하며 뒤로 물러섰다.

끈적거리는 액체와 함께 덜 자란 괴물이 미끄덩거리며 굴러 떨어졌다.

아직 세상에 나올 준비가 되지 않은 괴물은 그래도 살겠다고 꿈틀거렸다.

콰직-!

옥엽이 작은 괴물을 발로 밟자, 덜 여문 육체가 완전히 바스라졌다.

마로가 후포의 뒤를 따라서 알을 깨뜨렸고 옥엽과 허서도 동참했다.

알이 깨지는 소리와 분무하는 액체가 풍기는 비린내, 그리고 괴물이 밟혀서 터지는 소리가 공간을 가득 채울 때.

이살 타워 꼭대기에 서 있던 환웅의 눈동자가 어둡게 가라앉았다.

"누가 내 아이들을 죽이는 거지?"

하루가 마지막 한 조각을 찾아내서 범바위가 완전해지는 순간에 착호는 강한 힘에 휘말려 허공으로 내던져지는 느낌을 받았다.

다음 순간, 그들은, 아니, '그'는 유영하고 있었다.

많은 것이 빠르게 스쳐 지나갔지만, 한 장면 한 장면이 뇌리에 똑똑히 새겨졌다.

평화로운 신시, 혼혈이기에 당한 차별, 노력 끝에 얻은 인정과 안정, 신시 밖에서 만난 작은 생물 눈송이와 어느 날부터 신시에 퍼지기 시작한 불길한 기운.

그리고 타배의 곁을 든든하게 지켜주던 영웅 설.

'설?'

거기서 장면이 멈췄다.

'그'는 설을 떠올렸다.

신시의 영웅이자 든든한 친구, 그리고 훌륭한 조언가였던 설.

그의 얼굴이 떠오르지 않았다.

'설.'

설은 신시의 영웅이었다.

'그런데 왜?'

무엇 때문에 설이 신시에서 영웅 취급을 받게 된 걸까?

영웅은 난세에서 나오는데 평화로운 신시에 영웅이 나올 만한 사건이 있었나?

'나는 언제부터 그와 친구였던 거지?'

'그'는 설을 처음 만난 순간도 기억해낼 수가 없었다.

다만 그의 음성은 기억했다.

"이 모든 건 범이 벌인 짓이지요. 범들이 신시를 지배하기 위해 꾸민 게 틀림없어요."

"보세요. 이번에도 그가 만나주지 않았지요? 후포가 당신을 피하고 있어요. 당신이 그의 꿍꿍이를 알아낼까 봐서."

"검을 들어야 해요, 타배. 그러지 않으면 신시가 멸망할 거예요."

어디선가 들어본 목소리였다.

하지만 어디서?

'그'는 그 음성을 어디서 들었었는지 도통 기억해낼 수가 없었다.

다만 설의 음성을 떠올리는 순간, 아주 불길한 무언가가 뱃속에서 요동쳤다.

'그'는 범과 싸우고 싶지 않았다. 그럴 생각은 전혀 없었다.

그런데 왜인지 설의 목소리가 살아 있는 것처럼 '그'의 뇌를 파고들었다.

'그래, 죽여야만 해.'

'그'의 뇌는 멋대로 결심했다.

'범들을 모두 죽여야 해.'

그리하여 척살검을 손에 쥐었다.

"내가 이 검으로 범을 베겠습니다."

'그'를 우러러보는 수많은 사람 앞에서 맹세했다.

범을 멸하겠다고.

새까만 척살검이 햇빛을 받아서 더욱 까맣게 빛났다.

고개를 들자, 검 끝에 맺힌 태양이 '그'의 눈동자를 아프게
찔렀다.

그 순간, '그'의 뇌를 지배하던 뭔가가 산산이 깨지며 정신이
돌아왔다.

'범을 모두 죽이겠다는 생각을 하다니. 내가 미친 건가?'

후회는 늦었다.

전쟁은 이미 시작되었다.

범을 죽이기 위해 모든 종족이 한자리에 모여서 무기를 들
고 '그'의 명령이 떨어지기만을 기다렸다.

그렇다고 해서 모든 범을 죽일 수는 없었다.

'그'는 후포를 좋아했고, 허서, 풍래와 친했으며, 마로, 불티

와는 함께 검 훈련을 하는 관계였다.

그래서 '그'는 덧붙였다.

"그전에 마지막으로 후포를 만나고 오겠습니다."

'그'의 명령을 기다리던 사람들의 눈에 실망이 깃들었지만, 대부분은 안도하고 있었다.

그들 역시 전쟁을 피하고 싶어 한다는 걸 '그'는 알 수 있었다.

'그래, 다시 한번 후포를 만나러 가보자. 후포는 마음 씀씀이가 깊으니 우리의 심정을 이해해줄 거야. 분명 이 상황을 타개할 방법을 같이 찾아볼 수 있겠지.'

설이 나타난 건 '그'가 신단수 근처를 지나갈 때였다.

설은 '그'를 보며 히죽 웃었고, '그'는 설이 영웅도, 친구도 아니라는 걸 깨달았다.

하지만 그 사실을 깨달았을 때, 거대하고 불길한 무언가가 '그'의 뒤를 덮쳤다.

그리고.

전쟁이 시작되었다.

◈◈◈

착호가 '그'가 되어 어딘가를 유영하고 있을 때, 유수의 눈에는 착호가 그저 멈춰 있는 것으로만 보였다.

도대체 무슨 일이 벌어진 건지 짐작조차 할 수 없었다.

체구가 작고 마른 소년이 갑자기 "찾았다!"고 하더니 범바위가 되었고, 나머지 일행이 움직임을 멈춰버렸다.

"유수 오라버니!"

상황이 심상찮음을 깨달은 운로가 빽 외치며 달려왔다.

"대체 무슨 짓을 한 거야? 내 손님이란 말이야!"

"어⋯⋯."

유수는 이 상황이 너무 어리둥절해서 착호가 운로의 손님이 아니라는 부분도 지적하지 못했다.

"무슨 짓을 했어? 죽인 거야? 응?"

운로가 유수의 팔을 토닥토닥 내리치며 채근할 때였다.

"설⋯⋯."

석상처럼 굳어 있던 6명의 입에서 동시에 이름 하나가 흘러나왔다.

설.

유수도 설을 알고 있었다.

신시의 영웅 설. 지혜롭고 다정한 설. 곰족이 범족을 멸하려 할 때도 범족의 편에 서서 여러 조언을 해주었던 설.

그런데 이 시대를 살아가는 저 청년들이 그 이름을 어떻게 아는 걸까?

설은 수천 년 전의 인물인데.

"너는 누구지?"

또다시 여섯 명이 같은 말을 내뱉었다.

서로 다른 여섯 명이 딱딱하게 굳은 채로 입술만 움직여 같은 말을 하는 모습이 섬뜩했다.

"그건 내가 아니야."

"나는 여기에 있다."

"멈춰. 싸우면 안 돼."

인형처럼 무표정하게 입술만 움직이던 6명의 얼굴이 동시에 일그러졌다.

오싹-

유수는 저도 모르게 뒤로 물러섰다.

그때, 6명이 갑자기 번쩍 눈을 뜨며 외쳤다.

"너구나, 눈송이!"

그 순간.

고요히 웅크리고 있던 거대한 범바위가 쩌억, 굉음을 내며 여러 갈래로 쪼개졌다.

범바위 안에 태양이라도 존재하는 듯, 균열 사이사이로 눈을 찌를 듯 매서운 빛이 쏟아져나왔다.

모든 것이 잿빛이라 햇빛조차 회색이었던 그림자의 세계에 강렬한 색채를 지닌 빛이 내리쬐었다.

나무에도, 집에도, 강에도, 흙에도, 작은 식물에도, 그리고 그림자의 세계에서 목숨을 연명하는 범들에게도, 빛은 공평하게 내려앉았다.

쿠콰아아아아아–

발아래가 흔들렸다.

유수는 운로와 금몽을 양팔로 한 명씩 끌어안았다.

운로와 금몽이 겁에 질려 주위를 두리번거렸다.

유수는 이 세계의 끝이 왔음을 짐작했다.

'내가 이 아이들을 살릴 수 있을까?'

그러지 못할 것이다.

유수 혼자라면 결계의 틈을 비집고 나갈 수 있겠지만, 아이둘을 데리고는 무리였다.

진동이 점점 심해졌다.

집 안에 있던 범들이 우왕좌왕하며 밖으로 달려 나오고 있었다.

'어디로 가야 하지?'

범바위의 빛은 점점 강해져만 가는데 눈앞은 캄캄하게만 느껴졌다.

수천 년 전에 곰족을 앞에 두었을 때처럼 막막해서 가슴이 미어졌다.

'이번에도 나는 아무것도 지킬 수 없는가?'

그때 긴장해서 굳어 있는 유수의 어깨에 제하가 손을 얹었다.

고개를 돌린 유수는 제하의 차분한 눈동자를 마주했다.

황금빛의 깊은 눈동자는 이런 상황에서도 조금도 흔들리지 않고 고요히 유수를 향해 있었다.

그와 눈이 마주치는 순간, 유수의 가슴을 채우고 있던 답답함이 조금씩 사라져갔다.

"괜찮아."

제하가 말했다.

부드럽지만 힘이 담긴 목소리였다.

"이 세계의 종말이 아니야."

빛이 유수의 눈을 찔렀다.

이 빛이 범바위에게서 시작된 게 아니라는 걸 뒤늦게 깨달았다.

빛은 다른 방향에서 쏟아져 들어오고 있었다.

"시작이야."

제 81 화
이살 타워 part 1

괴물은 무자비했다.

대부분의 인간은 자신이 무엇에게 죽는지도 알지 못한 채 죽어갔다.

간신히 목숨을 건진 자만이 괴물을 눈에 담았으나, 그 존재가 무엇인지 깨닫기도 전에 그 또한 괴물의 발톱에 찢겼다.

"아아아악! 살려줘! 살려줘요!"

어떤 이는 헛된 도움을 청했고.

"으, 으히히히히. 으히히히히."

어떤 이는 정신을 놓았다.

"여, 여기로…… 여기로 와요!"

어떤 이는 타인을 구하려고 노력했고.

"저리 가!"

어떤 이는 옆에 있던 사람을 제물 삼아서 괴물에게 던져버리고 목숨을 구했다.

퍼어엉-!

반파된 자동차가 터지며 불길이 치솟았고, 건물 여기저기에도 불이 붙어 메케한 연기가 하늘을 덮었다.

불과 몇 시간 전만 해도 시리도록 청명했던 봄 하늘은 자취를 감춘 지 오래였다.

태양조차 지상에서 벌어지는 일을 피하고 싶다는 듯, 검은 연기 뒤로 모습을 감췄다.

단 몇 시간 만에 신시에는 지옥도가 펼쳐졌다.

유치원 교사인 해영은 부모님과 함께 괴물을 피해 거리를 달리고 있었다.

'이게 대체 무슨 일이야?'

일년 전, 범이 유치원을 습격했을 때 제하의 도움으로 간신히 살아남았다.

범에게 습격당한 유치원은 문을 닫았고, 해영은 일자리를 구하지 않은 채 집에만 있었다.

그날 목도한 범의 위압감에 트라우마가 생겨서 집 밖으로 나갈 수가 없었다.

매일 밤 꿈속에서 그날의 일이 되풀이되었다.

더는 범이 나타나지 않게 된 지금에 와서야 조금씩 공포에서 벗어나던 중이었는데, 더 끔찍한 것이 나타났다.

'저게 대체 뭐야?'

1년 전 사건 이후 처음으로 부모님과 함께 밖에 나왔다.

집 안에만 틀어박혀 있는 딸을 걱정하던 부모님은 딸과 함께 외출하게 되어 기분이 좋아 보였다.

자동차를 타고 달린 지 몇 분 지나지도 않아서 소동이 벌어졌다.

닫힌 창문을 뚫고 들려오는 비명과 굉음, 그리고 저 앞에서부터 자동차 위로 폴짝폴짝 뛰어서 다가오는 괴물.

그것은 마치 염소 같았지만 인간의 얼굴을 가지고 있었다.

괴기하게 일그러진 얼굴. 이마에는 염소 뿔이 자라고 앞다리가 있어야 할 곳에는 인간의 팔 네 개가 붙어 있었다.

인간이 되다가 만 것처럼 생긴 그것은 네 개의 손을 이용해서 어렵지 않게 자동차의 지붕을 떼어내고 그 안에 있는 인간을 꺼내 들었다.

괴물은 아주 자연스럽게 두 손으로 인간의 머리를 똑 떼어냈다.

우적우적-

괴물이 인간의 살을 뜯어내서 씹는 동안, 해영과 부모님은 멍하게 앉아 그 광경을 눈에 담았다.

도저히 믿을 수가 없는 상황에 뇌가 생각하기를 멈춰버린 것이다.

"으…… 으아아아악!"

앞차의 문이 열리고 정장 차림의 남자가 비명을 지르며 도망친 후에야 해영도 정신을 차렸다.

"어, 엄마…… 아빠…… 도, 도망…… 도망쳐야 해. 도망…… 도망쳐야 해."

여전히 움직이지 않는 부모님을 차에서 끌어내 달리기 시작한 지 얼마나 지났을까.

염소 괴물은 따돌렸지만 또 다른 괴물이 따라오고 있었다.

부모님의 손을 꼭 잡고 달리던 해영은 어느 순간 제 손에 아무것도 쥐지 않고 있다는 걸 깨달았다.

"엄마! 아빠!"

걸음을 멈추고 휙 돌아봤지만, 어머니도 아버지도 보이지 않았다. 공포에 일그러져 달려오는 사람들의 얼굴만 보였을 뿐.

"비켜!"

한 여자가 거세게 밀치는 바람에 해영은 비틀거리다가 넘어졌다.

일어나려 했지만 계속 밀려드는 사람들에게 밟히고 채여 바닥을 뒹굴었다.

이제야 비로소 악몽보다 더 끔찍한 이곳이 현실이라는 걸 자각했다.

울음이 터져 나왔다.

"엄마…… 아빠……."

사람들의 발길에 채이지 않으려고 몸을 웅크리고 흐느낄 때였다.

타앙-! 탕-!

총성이 공기를 찢었다.

사정없이 달리던 사람들이 걸음을 멈췄다.

해영도 고개를 들었다.

부웅- 부웅-

커다란 도끼 하나가 빙글빙글 돌면서 사람들의 머리 위를 날아갔다.

퍼억―!

"키에에엑!"

도끼는 둥근 궤적을 그리며 괴물의 어깨를 찍어내고 다시 제 주인에게 돌아갔다.

희망을 발견한 사람들의 눈동자가 도끼를 따라갔다.

해영이 쓰러진 곳에서 멀리 떨어지지 않은 곳에 그들이 있었다.

멈춘 버스 위에 서 있는 여러 명의 인간.

눈빛이 매서운 여자가 날아오는 도끼를 한 손으로 덥석 잡고 도끼를 이리저리 움직였다.

"좋은걸."

여자가 붉은 머리를 흩날리며 다시 도끼를 던졌다.

"뭣들 해! 저게 다가오잖아!"

여러 개의 다리를 꿈틀꿈틀 움직이며 달려오는 괴물을 향해 또다시 도끼가 날아갔다.

붉은 머리 여자의 동료들도 제각각 움직였다.

그제야 사람들은 그들이 범 사냥꾼이라는 걸 깨달았다.

"버, 범 사냥꾼이다!"

"사냥꾼이 왔다!"

"이제 우리는 살았어!"

정말 그럴까?

해영은 의문이 들었다.

붉은 머리 여자가 사용하는 도끼는 기세가 대단했지만, 괴물에게 큰 상처를 입히지는 못했다.

괴물은 그저 자신을 방해하는 것에 분노해서 괴성을 내질렀을 뿐, 피 한 방울 흘리지 않았다.

아마 범 사냥꾼들도 알고 있을 것이다.

그럼에도 그들은 괴물을 향해 달려갔다. 총성이 난무하고 도끼나 갈고리 같은 날카로운 무기가 번쩍거렸다.

범 사냥꾼들은 평범한 인간의 눈으로는 따라잡기 어려울 만큼 빠르고 정확하게 움직였다. 그들의 무기는 매서웠으나, 괴물의 육체에는 약간의 상처만 생겼을 뿐이었다.

"뭘 구경하고 있어!"

눈썹이 진한 남자 범 사냥꾼이 외쳤다.

"도망쳐!"

입을 벌리고 서서 구경하던 사람들은 퍼뜩 정신을 차렸다.

범 사냥꾼들이 와서 이제 살았다고 생각했는데 그렇지 않다는 걸 깨달았다.

범 사냥꾼들은 점점 지쳐가는 게 보이는데, 괴물은 약간의 상처가 생겼을 뿐 멀쩡했다.

"으, 으아아악!"

"도망쳐!"

도망치는 사람들도 있었지만, 털썩 주저앉는 사람도 있었다.

특별한 능력을 가진 범 사냥꾼들조차 어찌하지 못하는 괴물의 발톱에서 벗어날 수 없다는 걸 직감한 것이다.

해영도 그런 사람 중 한 명이었다.

부모님도 잃어버렸고, 범 사냥꾼들이 괴물을 잡을 수 없다는 것도 알게 되었다.

'희망 따위는…… 없어…….'

일년 전 유치원 사건 때는 그래도 희망이 보였다.

범은 무서웠지만 불길하지는 않았다.

하지만 저 괴물들은 불길하다. 몹시도 섬뜩하다.

신시는 저 괴물들의 발아래에 멸망하게 될 것이다.

"안 돼, 문호!"

빨간 머리 여자, 성희가 동료를 돌아보며 외쳤다.

문어 같은 괴물의 촉수가 정확하게 문호의 목을 향해 뻗어나가고 있었다.

문호는 총을 쏘았지만, 총알은 미끈거리는 괴물의 촉수를 스치고 지나갔다.

문호의 눈에 날카로운 가시가 돋친 촉수 끝이 다가오는 게 느릿하게 보였다.

'죽는구나.'

그렇게 생각했을 때였다.

푸욱-!

호리호리한 인영이 나타나 긴 발톱을 촉수에 박아넣었다.

"끼에에엑! 끼엑!"

처음으로 강한 타격을 받은 괴물이 여러 개의 촉수를 휘두르며 비명을 질렀다.

문호의 앞을 막아선 남자가 문호의 멱살을 잡아채서 함께 몸을 뒤로 빼냈다.

문호가 서 있던 자리를 촉수가 매섭게 치고 지나갔다. 계속 거기에 서 있었다면 몸이 반으로 잘렸을 것이다.

"고, 고마……."

문호는 말을 끝내지 못했다.

자신을 구한 사람이 인간이 아니었기 때문이다.

"범……?"

갈색 범이 콧등을 찡그렸다.

왜인지 문호는 그게 위협하는 게 아니라 웃고 있다는 걸 알 수 있었다.

"나랑 싸울 거냐?"

갈색 범이 그르렁거리듯 물었다.

문호는 아직 쥐고 있는 총을 꽉 잡았다.

"아니."

문호의 눈이 점점 다가오는 괴물에게로 향했다.

괴물의 촉수에 근처에 있던 자동차가 엉망으로 부서졌다.

자동차 한 대가 터져서 불길이 치솟았지만, 괴물은 아무렇지도 않게 불길을 넘어왔다.

"저게 먼저지."

혜영은, 그리고 사람들은 보았다.

불과 몇 달 전까지만 해도 신시를 공포에 떨게 했던 범들이 자신들을 지키기 위해 싸우는 것을. 그 범들을 잡기 위해 무기를 들었던 범 사냥꾼들이 범들과 협력하는 것을.

믿기 어려운 광경이지만, 받아들였다.

그들의 적은 범이 아니었다.

괴물이었다.

범 사냥꾼들과 범들은 협력하여 문어 괴물을 간신히 쓰러뜨렸지만 그걸로 끝이 아니었다.

다른 곳으로 갔던 염소 괴물이 접근하고 있었다. 염소 괴물의 뒤쪽으로 또 다른 괴물도 보였다.

괴물들은 보이는 모든 것을 파괴하고 찢고 입에 넣어 씹으며 다가오고 있었다.

"전부 상대할 수는 없어!"

범들도, 범 사냥꾼들도 괴물 한 마리를 죽이느라 많은 힘을 소진한 터였다.

방법이 생길 때까지 목숨을 부지하는 게 우선이었다.

범 사냥꾼들과 범들은 주저앉아서 움직이지 못하는 인간들의 목덜미를 잡아 일으켜 세우고, 괴물이 보이지 않는 곳을 향해 달렸다.

그들은 뒤에서 따라오는 괴물들만 신경 쓰느라 자신들이 어디를 향해 가는지 깨닫지 못했다.

그들의 앞에는 거대한 이살 타워가 흔들림 없는 위용을 뿜어내고 있었다.

제 82화
이살 타워 part 2

10만 평은 족히 넘을 듯한 넓은 지하 공간을 가득 채운 알들. 후포 일행은 그것을 부수고 또 부쉈다.

지상에서 벌어질 일이 걱정이긴 했지만, 알들을 그냥 놔두고 갈 수는 없었다.

반투명한 알 안에 들어 있는 불길한 것들이 온전한 모습을 갖추고 태어나면 더 끔찍한 일이 벌어질 것만 같았다.

좌악-

주르륵-

좌악-

퍼석-

알껍데기를 깨고, 흘러나오고, 그것들의 머리를 부수는 소리가 기괴하게 울려 퍼졌다.

역겨운 냄새가 점점 진해져서 숨을 쉬기 힘들 지경이었다.

꿀렁-

지하 곳곳에 퍼져 있는 혈관 같은 것이 큰 움직임을 보였다.

지상에서 죽은 자들이 흘린 피를 받아들여 알들에게 생명을 나눠주고 있는 것이었다.

꿀렁- 꿀렁-

두꺼운 혈관들이 요동칠 때마다 알들이 점점 커지며 껍질이 투명해졌다.

옥엽이 헐떡거리며 말했다.

"서둘러야겠어요."

옥엽의 몸은 알의 분비물이 묻어서 엉망이었고, 다른 범들도 마찬가지였다.

허서는 얼굴에 흐르는 알 분비물을 닦아내며 구역질을 했다.

"주군, 그거 아세요? 전 비위가 약합니다."

"헛소리할 시간에 하나라도 더 깨라."

후포는 길게 자란 손톱으로 여러 개의 알을 한꺼번에 베어내며 말했다.

마로는 어두운 표정으로 끊임없이 움직이고 있었다.

증오에 눈이 멀어서 이런 알들을 만들어내는 데 한몫했다는 걸 떠올릴 때마다 죄책감이 송곳처럼 폐부를 파고들었다.

괴물을 만들어낸 것도, 그 괴물로 동족들을 죽이게 만든 것도 전부 자신의 탓이라는 생각이 들었다.

만약 그 당시 이상함을 느끼고 후포와 의논을 했다면 일이 이 지경에 이르지는 않았을 것이다.

불티도, 나래도 아직 살아 있었을지도 모른다.

꿀렁-

가짜 혈관이 또다시 약동했다.

파사삭-

아직 깨지 못한 알 몇 개가 부화 조건을 충족했다.

알 안에 웅크리고 있던 불길한 것이 스스로 알껍데기를 깨는 소리가 나자, 지추가 귀를 쫑긋했다.

"망했네요."

지추가 동료 몇 명을 데리고 알이 부화하는 곳을 향해 달려갔다.

알을 깨고 나온 괴물은 아직 작고 불안정했다.

허서가 외쳤다.

"놈들이 정신 차리기 전에 죽여버려!"

"안 그래도 그러는 중…… 커헉!"

지추는 말을 끝내지 못했다.

검고 긴 것이 지추의 명치를 뚫고 나와 있었다.

"제……길…….."

지추의 입가로 피가 주륵 흘렀다.

지추의 몸이 서서히 위로 들려 올라갔다.

"너, 넌 뭐냐!"

"이 자식이!"

"죽어!"

지추 근처에 있던 범들 사이에 소동이 일어났다.

범들이 지추 뒤에 있는 사람을 향해 몸을 날렸으나, 검고 긴 것 여러 개가 휙휙 움직여서 그들을 멀리 날려버렸다.

순식간에 벌어진 일이었다.

뒤늦게 소동을 눈치채고 고개를 돌린 후포의 눈에 배가 꿰뚫린 채 들어 올려진 지추와 그의 발 아래로 뻗어 있는 다리가 보였다.

후포는 지추의 배를 뚫고 나온 것이 검은 부채라는 걸 알 수 있었다.

"주군, 도망……."

지추가 손톱을 세워 제 뒤에 서 있는 놈을 향해 뻗었지만, 그전에 놈이 지추를 멀리 날려버렸다.

지추가 멀찌감치 날아가 어딘가에 부딪혀 떨어지는 소리가 울리는 동안, 그들은 조용히 서로를 노려보고 있었다.

꿀렁–

가짜 혈관이 또 꿈틀거렸을 때에야 후포의 콧등에 깊은 주름이 새겨졌다.

"환웅……."

검은 두루마기를 입고 머리를 뒤로 단정하게 넘긴 환웅이 고고하게 서 있었다.

파랗게 보일 정도로 하얀 피부와 갸름한 눈매, 입가에 미미하게 머금은 미소.

그는 기자들 앞에 설 때처럼 편안하고 여유로워 보였다.

악의로 가득 찬 지하실과 조금도 어울리지 않는 모습이라서, 그가 잘못 찾아온 게 아닌지 미심쩍다는 생각이 들 정도였다.

환웅은 지추의 배를 뚫었던 부채를 펴 들어 살랑살랑 흔들었다.

핏물이 뚝뚝 떨어지는 것을 보고서야 후포와 범들은 정신을 차렸다.

"환웅!"

가장 먼저 뛰어나간 건 마로였다.

마로는 환웅의 꼬드김에 넘어가서 끝내 불티까지 죽이고 말았다는 죄책감에 사로잡혀 깊이 생각할 겨를이 없었다.

검은 안개가 환웅을 뒤덮고 매섭게 뻗어 나간 손톱이 정확하게 환웅의 목을 노렸다.

열 개의 손톱이 지척에 다가왔는데도 환웅은 그저 미소를 지으며 서 있었다.

마치 잘 그려진 그림처럼 그렇게 미동도 없이 마로를 지켜보고 있었다.

다음 순간.

마로의 눈에 비친 건 불티였다.

"형……, 왜 그래?"

불티의 난처하다는 듯한 목소리에 마로는 불티의 목을 찌를 뻔한 손톱을 거두고 옆으로 몸을 굴렸다.

불티가 눈썹 끝을 아래로 내리고 마로에게 다가갔다.

"형, 괜찮아?"

"불티……."

마로는 제 눈을 믿을 수 없었다.

불티가 죽는 것을 똑똑히 보았는데, 어떻게 살아 있는 거지?

두 눈을 부릅뜨고 제 동생의 모습을 이리저리 살펴보았지
만, 어디를 봐도 불티였다.

불티를 마지막으로 봤을 때 입고 있던 옷, 불티의 체취, 불티
의 목소리.

"너…… 살아 있……."

마로가 불티를 향해 손을 뻗을 때였다.

어느새 다가온 허서가 마로의 손목을 낚아채 뒤로 던져버리
고 불티를 향해 긴 손톱을 뻗었다.

불티가 훌쩍 몸을 뒤로 피했다.

불티가 서 있던 자리를 날카로운 손톱이 스치고 지나갔다.

불티의 옷자락이 살짝 베여 찢어졌다.

"허서, 뭐 하는……!"

후포가 허서를 말리려고 일어나는 마로의 목덜미를 세게 잡
았다.

"불티가 아니다, 마로."

"주군……."

"불티는 죽었다."

"아니, 저기 저렇게 살아 있잖습니까. 어쩌면 그 영상이 가짜였을지도 몰라요."

허서는 불티와 싸우고 있었다.

불티는 요리조리 몸을 피하면서 허서에게 말을 걸었다.

"허서, 내가 실수한 건 아는데 너무 심하잖아. 굳이 우리끼리 싸울 필요가 있어? 우리 적은 다른 데에 있다고."

허서는 대답하지 않았다.

아무것도 보이지 않고 들리지 않는 듯 그저 공격에만 집중했다.

허서의 공격을 피하면서 대화를 시도해보려던 불티가 일순 인상을 찌푸렸다.

"성가시게."

다음 순간, 불티의 등에서 긴 촉수 여러 개가 뻗어 나와 허서의 몸을 꿰뚫었다.

"허서!"

옥엽이 날카롭게 외치며 허서를 돕기 위해 달려갔다.

옥엽의 손톱이 촉수를 베어내기 위해 마구잡이로 움직였지만, 어느 하나에도 상처를 입히지 못했다.

불티는 여유롭게 옥엽의 공격을 피하며 허서를 들어 올렸다.

"크아아아악!"

촉수가 몸 깊이 파고드는 격통에 허서가 비명을 질렀다.

후포도 마로를 내려놓고 불티를 향해 달려갔다.

불티는 후포를 향해 싱긋 웃더니 허서를 저 멀리 내던지고 모습을 바꿨다.

"후포, 오랜만이군."

타배였다.

그립고도 미운 친구.

하지만 후포는 흔들리지 않았다.

"역시 네놈이 벌인 짓이군!"

옥엽은 왼쪽에서, 후포는 정면에서 놈에게 공격을 쏟아부었다.

보이지 않을 만큼 빠른 속도였지만, 놈에게는 어느 것 하나도 닿지 않았다.

뒤늦게 정신을 차린 마로도 공격에 합세했지만, 놈은 여유 있게 공격을 피하면서도 말을 걸었다.

"후포, 나한테 너무하지 않나? 우리, 친구잖아."

"너는 대체 누구지?"

"누구라니. 나야, 타배. 친구 얼굴도 잊었나?"

"그때도 이런 식으로 우리를 모함한 건가?"

타배가 히죽 웃었다. 입꼬리가 귀에 걸릴 정도로 길게 찢어졌다.

섬뜩한 미소를 지으며 타배가 말했다.

"이제야 좀 똑똑해졌네, 후포."

타배가 팔을 들어 올렸다.

"피해!"

후포가 외쳤지만, 늦었다.

타배의 손에 있던 검은색 검이 사선으로 움직였다.

검 끝이 옥엽의 어깨부터 복부까지 깊이 갈라냈다.

"큭!"

옥엽이 상처를 붙잡고 비틀거렸다.

타배는 거기서 멈추지 않았다.

검이 옥엽의 목을 썰어내려는 듯 가로로 움직였다.

검이 옥엽의 목에 닿기 전, 마로가 옥엽을 끌어안고 옆으로 굴렀다.

검은 옥엽의 목 대신 마로의 등을 스쳤다.

후포는 비틀거리는 옥엽과 마로를 낚아채 타배에게서 멀리 떨어졌다.

공기 가르던 소리가 난무하던 공간에 잠시 적막이 내려앉았다.

타배가 들고 있던 검 끝을 아래로 늘어뜨렸다.

흐트러진 회갈색 머리칼, 가늘고 긴 눈매, 호박색 눈동자, 탄탄한 턱과 굵은 목, 넓은 어깨.

어디를 봐도 영락없는 타배였지만, 그 입가에 묻어 나오는 미소는 잔혹했다.

후포는 제 부하들을 슬쩍 내려다본 후 다시 타배를 노려봤다.

"너는 대체 뭐냐?"

타배가 고개를 옆으로 기울였다.

"후포. 왜 자꾸 그래? 나야, 타배."

"아니, 네놈은 타배가 아니다. 타배는 그런 식으로 웃지 않지."

타배의 입술 끝이 귓가에 걸렸다.

"그렇게 똑똑한 놈이 그때는 왜 속았을까?"

헐떡거리던 마로가 두 눈을 부릅떴다.

"이 새끼……!"

타배가 마로를 흘끗 보더니 어느새 부채로 돌아온 무기를 펼쳐 살랑살랑 흔들었다.

"가만히 있어, 마로. 네 주군이 시간을 끌려고 이것저것 묻고 있잖아. 후후후. 시간을 끌면 자기가 이길 수 있을 줄 아나 봐. 후후후후."

타배의 웃음소리가 음산하게 울렸다.

그는 후포가 시간을 끌어서 부하에게 회복할 시간을 준다는 걸 알면서도 여유로웠다.

놈이 여유를 부린다면 후포도 감사하게 그 오만방자함을 받아들일 생각이었다.

놈은 시종일관 느긋하게 움직였지만, 단 한 번도 공격이 먹혀들지 않았다.

놈의 약점을 찾아야만 했다.

"왜 이런 짓을 하는 거냐?"

후포의 질문에 타배가 싱긋 웃더니 환웅의 모습으로 돌아갔다.

그는 머리를 뒤로 쓸어넘기며 말했다.

"이제야 옳은 질문을 하네."

끼릭- 끽끽-

어느새 부화한 괴물 몇 마리가 환웅의 주위로 모여들었다.

환웅은 그중 한 마리를 손바닥에 올려두고 귀엽다는 듯 응시했다.

"이것보다 작았지. 이것보다 약했고. 그랬더니 다들 날 무시하더라고. 자기들끼리 어울려서 희희낙락 즐거우면 뭐 해. 나처럼 작고 연약한 건 무시하고 괴롭히는데."

제 83화

환웅 part 1

후포는 환웅이 무슨 말을 하는지 알아들을 수 없었지만, 그가 떠들어대는 걸 막진 않았다.

인정하고 싶지 않지만, 환웅은 터무니없이 강했다.

상급 범들이 동시에 공격을 하는데도 상처 하나 입지 않았다.

후포 일행은 지하에 들어와서 알을 깨느라 많은 힘을 소모했기에 힘을 회복하고 놈의 약점을 찾아낼 시간이 필요했다.

"이리 치이고 저리 치이고……. 하, 진짜 짜증이 나는데 어쩌겠어? 약한 쪽이 참아야지. 눈송이네, 귀엽네, 그딴 취급을 받아도 참아야지."

환웅의 약점을 찾기 위해 살펴보던 후포는 '눈송이'라는 말에 귀를 쫑긋했다.

눈송이.

언제부터인가 타배가 데리고 다니던 작은 솜뭉치.

"그러다가 죽어가는 놈을 발견했거든. 그걸 먹었더니 커지더라고. 그래서 또 죽어가는 놈을 찾아내서 먹었는데 또 커져요. 커지고 커지고 커지고……."

중얼거리던 환웅의 모습이 바뀌었다.

이번에도 그들의 기억 속에 있는 모습이었다.

영웅 설.

신시를 구한 영웅. 신시를 위해 앞장서서 적들과 싸운 영웅.

'하지만 대체 무엇으로부터? 평화로웠던 신시에 적이 있었나?'

거기에 생각이 닿자, 후포는 뒤통수를 맞은 기분을 느꼈다.

"네놈……, 세뇌를 하는군."

제 힘을 들켰는데도 놈은 당황한 기색이 없었다.

오히려 웃으며 말했다.

"대단하지 않아? 그저 먹는 것만으로도 커지고 강해진다니까? 내가 이렇게나 대단한 존재라는 걸 너희는 꿈에도 몰랐겠지. 알았다면 과연 그렇게나 날 무시했을까?"

"타배는 네게 잘해줬다."

"잘해줘?"

놈의 얼굴이 일그러졌다.

"내가 그딴 놈에게 귀염을 받고 싶었다고 생각해?"

"……."

"약한 자를 안타깝게 여기고 동정해주고 귀여워해주고……. 그래, 네놈들 눈에는 그런 타배가 대단히 성숙하고 속 깊고 다정하고 상냥한 놈으로 보였겠지. 역겨워, 아주 역겨워. 단지 강하게 태어났을 뿐이면서 남을 동정하고 우습게 여기고."

"타배는 널 우습게 여긴 적이 없다."

"아니."

촤악-!

뻗어 나온 여러 갈래의 촉수가 순식간에 마로와 옥엽, 그리고 몰래 접근해오던 허서의 복부를 꿰뚫었다.

"헉!"

"크윽!"

부하들의 처참한 모습에 후포가 눈을 부릅떴다.

환웅의 모습으로 돌아온 놈은 여전히 제 손바닥 위에 있는 괴물을 다정하게 응시하고 있었다.

환웅의 등에서 뻗어 나온 촉수가 범들을 매달고 이리저리 움직였다.

범들이 재미있는 장난감이라도 된다는 듯이 요리조리 흔들었다.

"날 우습게 여기는 놈들은 싹 지워버릴 거야. 이 신시는 날 존경하고 경외하고 나만을 사랑하는 내 아이들로만 채워질 거야."

환웅의 눈동자가 후포에게 향했다.

그 끝을 가늠하기 어려울 만큼 깊은 눈동자와 마주치는 순간.

후포는 오래전부터 전해져 내려오던 예언을 떠올렸다.

무릇 섞인 자와 함께 멸망이 찾아오리라.

털이 비쭉 섰다.

어디를 봐도 환웅을 이길 방법을 찾아낼 수가 없었다.

부하들은 치명상을 입은 채 촉수에 꿰뚫려 흩날리고 있고, 환웅은 여유롭게 미소 짓고 있으며, 후포는 여전히 환웅의 약점을 찾아내지 못했다.

환웅이 고개를 들어 천장을 응시했다.

"다들 모였나?"

그게 무슨 의미인지 간파하기도 전에 환웅이 촉수를 흔들어 범들을 내팽개쳤다.

어느새 후포의 눈앞으로 다가온 환웅이 후포의 목을 움켜쥐었다.

후포는 버둥거리며 환웅의 손을 쥐어뜯었지만, 놈의 손에서 벗어날 수가 없었다.

환웅의 눈이 가늘어졌다.

"과거가 그립지? 한 번 더 그때의 기분을 느끼게 해줄게."

"큭……."

"인간들에게 네가 괴물의 주인이라고 알려줄 거야. 그때는 살아남았지만, 이번에도 살아남을 수 있을까?"

두두리들은 인왕산에서도 신시의 상황이 얼마나 절박한지 알 수 있었다.

인왕산까지 올라오는 인간들의 절규. 피비린내. 도시 전체를 덮은 붉은 피 안개.

이상한 점은 신시 전역에 흩어져 있던 그들이 점점 한 방향을 향해 가고 있다는 것이었다.

그들이 모여드는 곳은 이살 타워였다.

신시의 어느 곳에 있어도 그 끝을 볼 수 있는 거대하고 높은 이살 타워.

개미 떼처럼 움직이는 사람들 사이에 끼어 있다면 깨닫지 못하겠지만, 멀리서 보니 알 수 있는 것들이 있었다.

두두리들은 인간들이 저렇게 이살 타워에 모여도 괜찮은 건지 불안했다.

"가서 그러지 말라고 알려야 하는 거 아냐?"

"우리가 가서 말린다고 듣겠어? 인간들은 우리도 괴물인 줄 알걸. 게다가 인간들을 말리기 전에 우리가 먼저 죽을 거야."

누군가의 말에 누군가가 대꾸했다.

찢긴 공간으로 사라진 착호는 한참이 지나도 돌아오지 않았다.

그들이 사라진 찢어진 공간 역시 보이지 않게 된 지 오래였다.

다행히 괴물이 인왕산에 나타나지 않아서 무사할 수 있지만, 이 안전이 언제까지 갈지는 미지수였다.

표리는 초조하게 신시를 내려다보다가 일어났다.

"가봐야겠어."

"어딜 가게!"

"인간들에게 이살 타워에 모이는 건 안 좋은 것 같다고 알려야지."

"쓸데없는 짓 하지 마, 표리. 저기 가기 전에 죽을 거야."

"하지만 모르는 척할 수는 없잖아. 저길 봐. 다들 저기로 모여들고 있어. 인간도, 범도, 괴물도."

이살 타워를 둘러싼 넓은 부지에 속속들이 모여드는 인간들과 범들. 그리고 그 뒤를 따라오는 괴물들.

"괴물들이 인간들을 저기로 몰아넣는 것 같아."

"네가 간다고 달라지는 건 없어. 인간들을 위해 목숨을 걸 필요는 없다고!"

"하지만 제하는 날……."

믿어줬어, 라는 말을 하기 전.

째앵-!

소리가 울렸다.

그 소리는 날카롭기도 하고, 아주 맑기도 했다.

넓게 퍼지는 소리와 함께 허공에 균열이 생겼다.

처음에는 아주 가느다란 실 같았던 균열이 점점 벌어지는 광경을 두두리들은 멍하게 올려다봤다.

그 균열에서 무언가가 흘러나왔다.

흘러나온 것이 두두리들의 발밑을 적시고 지나갔다.

산등성이를 타고 신시로 내려가는 그 힘의 존재를 두두리들은 똑똑히 느낄 수 있었다.

그동안 그림자의 세계 저변에 갇혀 있던 고대의 힘이었다.

그리고 다음 순간, 눈이 시릴 정도로 강렬한 빛이 내리쬐는가 싶더니 균열이 있던 자리에 착호가 서 있었다.

착호뿐만이 아니었다.

그들의 뒤에는 고대의 전쟁에서 도망쳐 목숨을 구한 수많은 범이 있었다.

그들은 어리둥절한 표정으로 주위를 두리번거렸다.

어리둥절하기는 두두리 일족도 마찬가지였다.

대체 무슨 일이 벌어진 거지?

방금 전부터 서서히 차오르는 이 힘은 뭐지?

"제하."

표리는 가장 앞에 서 있는 제하에게 다가갔다.

제하는 어딘지 모르게 개운한 표정이었다.

제하가 표리를, 그리고 두두리들을 돌아보며 싱긋 웃었다.

신시가 멸망을 앞둔 이때에도 제하의 입가에 떠오른 미소는 무척이나 청명해서, 그저 보는 것만으로도 술렁거리던 마음이 가라앉았다.

"너희 덕분이야."

제하가 표리의 어깨에 손을 얹으며 말했다.

"어?"

두두리들은 제하가 무슨 말을 하는지 알 수 없었지만, 착호 일행은 알았다.

그들은 타배가 되어 과거를 유영하며, 전쟁이 벌어지기 전 일곱 종족이 타배에게 축복을 걸어주는 장면을 보았다.

그 탓이었고, 그 덕이었다.

환웅이 만들어낸 괴물은 타배를 죽였으나, 축복받은 타배의 영혼은 소멸하는 대신 일곱 조각으로 나뉘어 세상을 떠돌았다.

자신이 무엇인지도 잊은 채 길고 긴 시간을 떠돌던 영혼 조각은 하나씩, 하나씩 안착해야 할 장소를 찾아냈다.

하나는 범 바위에게로, 나머지 여섯은 인간에게로.

그렇게 타배는 먼 시간을 돌아와 다른 이름으로 또 한 번 신시에 서게 되었다.

하루는 팔짱을 끼고 서서 도포 자락을 흩날리며 신시를 내려다보고 있었다.

하루가 제하 쪽으로 고개를 돌렸다. 다른 일행도 제하를 바라봤다.

그들은 대화를 하지 않아도 서로가 무슨 생각을 하는지 알 수 있었다.

제하가 가볍게 고개를 끄덕였다.

"가자."

◇◇◇

아주 많은 사람이 죽었지만, 살아남아서 이살 타워 부지에 도착한 사람도 많았다.

이살 타워 부지는 십만 평이 넘었지만, 생존자가 전부 들어가기에는 역부족이었다.

그들은 자신들이 어디로 모여들었는지도 깨닫지 못했다.

괴물을 피할 수만 있다면 도달하는 곳이 어디인지는 아무래도 좋았다.

"이상하지 않아?"

성희가 옆에서 함께 달리던 동철을 보며 물었다.

동철은 뒤를 한 번, 앞을 한 번 살펴본 후에 쓰게 웃었다.

"이상하군. 하지만 어쩌겠나. 일단은 목숨을 구하고 봐야지."

모두가 한곳으로 몰려드는 바람에 인간들을 따라오던 괴물들 역시 한곳에 모였다.

범 사냥꾼들은 신시에 괴물이 이렇게나 많았다는 사실이 놀라울 뿐이었다.

"도대체 언제 저렇게 많이 생겨난 거지?"

"인간들은 신시에 저런 게 돌아다니는 것도 몰랐던 건가?"

옆에서 달리던 범의 비아냥거리는 말에도 동철은 대꾸할 말이 없었다.

사람들을 보호하며 달리던 범 사냥꾼들과 범들도 이살 타워 부지에 들어섰다.

이살 타워 부지에 보호막이라도 설치된 듯 괴물들은 부지 안까지 들어오지 않았지만, 범 사냥꾼들은 이게 다행인지 아닌지 알 수 없었다.

안전하다는 걸 깨달은 인간들은 털썩 주저앉거나 흐느꼈고, 몇몇 사람 사이에서는 이살 타워의 주인을 찬양하는 말이 흘러나왔다.

"환웅 님 덕분이야."

"저 괴물들이 여기까지는 못 들어와……."

"환웅 님은 어디 계시는 거지?"

"환웅 님이라면 저 괴물들을 없애줄 수 있을 거야."

인간들은 몰랐다.

환웅 찬양의 시작이 완벽한 인간의 모습으로 변한 괴물들에게서 흘러나온 말이라는 것을.

범 사냥꾼들과 범들 또한 생존자들 사이에 괴물이 섞여 있다는 걸 알지 못했다.

그저 여기저기서 시작된 환웅 찬양의 물결이 인간들 사이에 퍼져가는 걸 불안하게 지켜볼 뿐이었다.

제 84 화

환웅 part 2

모든 인간이 환웅을 찬양하는 건 아니었다.

"이런 힘이 있으면서 왜 그동안은 모르는 척한 거지?"

"괴물을 못 들어오게 할 힘이 있다는 건, 그동안 괴물의 존재를 알고 있었다는 거잖아. 설마 혼자 살려고 한 건가?"

"지금도 어디로 갔는지 보이지도 않네. 신시를 내려다보면서 괴물이 저렇게 많아질 때까지 뭘 한 거야?"

"제하한테 현상금을 걸 시간에 괴물한테 현상금을 걸었어야 하는 거 아냐?"

환웅을 찬양하는 무리와 환웅을 의심하는 무리 사이에 묘한 긴장감이 흐르고 있을 때였다.

쿠콰콰카카카카-!

땅이 진동했다.

무언가 지하에서 지상으로 솟구치듯 강하게 격동했다.

안전한 줄 알고 마음을 놓고 있던 사람들은 비명을 지르며 여기저기로 흩어졌다.

그러다가 부지 밖으로 밀려난 사람들은 괴물에게 꿰뚫려 죽었다.

소동 속에서 이살 타워 바로 앞의 땅이 폭발하듯 솟구치며, 검은 인영이 모습을 드러냈다.

평범한 인간들은 보지 못했지만, 그쪽을 주시하고 있던 범 사냥꾼들과 범들은 똑똑히 보았다.

환웅, 그리고 그 손에 잡혀 있는 후포.

"크르르르."

주군이 잡힌 모습에 범들이 송곳니를 드러냈다.

가까이에 있던 인간들이 깜짝 놀라서 뒷걸음질을 쳤다.

범들이 지금껏 인간들을 도와서 여기까지 온 걸 알면서도 범들을 향한 공포는 아직 남아 있기 때문이었다.

그 모습을 지켜보던 환웅의 입가에 서늘한 미소가 떠올랐다.

힘없는 미물이란 이토록 연약하다.

아주 작은 바람만 불어도 덧없이 흔들린다.

환웅은 그토록 약했던 때의 제 모습을 똑똑히 기억했다. 그때 환웅을 보던 범족과 곰족들의 눈빛도.

경멸과 동정심, 짜증과 불쌍함, 조롱…… 그런 것들이 담긴 눈빛. 두 번 다시는 받고 싶지도 않고, 받을 일도 없는 눈빛.

범족이 싫고 곰족이 싫었다.

타배의 손길조차 깔보는 것 같아서 역겨웠다.

역겨운 것들이 서로 의심하고 죽이는 모습을 보는 게 좋았다.

태어날 때부터 강한 힘을 가졌다는 이유로 자기들끼리 뭉쳐서 사이좋게 지내던 것들이 서로를 향해 증오를 품고 싸우는 게 좋았다.

그렇게 위에서 아래를 내려다보는 게 참으로 즐거웠다.

지금 이 순간에도 그랬다.

제일 역겨웠던 타배는 죽었지만, 후포는 살아남아서 지금 환웅의 손에 잡혀 있었다.

타배가 죽을 때 어떤 표정을 지었는지 환웅은 똑똑히 기억한다.

자신이 지켜줬던 눈송이가 어느새 저보다 강해져서 자신을 죽이려 한다는 걸 깨달았을 때의 그 절망 어린 표정.

후포 또한 그러한 표정을 지으며 죽게 해주고 싶었다.

자기가 지켜주려던 인간들의 손에 맞아 죽으면 그때의 타배와 같은 표정을 지을 것이다.

갑작스러운 진동에 우왕좌왕하던 사람들은 땅이 더 이상 요동치지 않자 다시 움직임을 멈춘 후였다.

"여러분."

환웅의 목소리는 크지 않지만 한 사람, 한 사람의 귀에 똑똑히 박혔다.

환웅은 은근하게 자신의 능력을 사용하고 있었다.

사람들을 현혹시키고 휘말려 들게 하는 능력.

사람들의 시선이 환웅에게로 향했다.

이제는 그 자리에 있던 인간들도 환웅이 커다란 흑범을 손에 쥐고 있는 것을 보았다.

"이 자의 이름은 후포랍니다. 여러분의 가족과 친구를 사정없이 먹어치운 범들의 대장이지요. 그리고……."

환웅이 부채로 저 멀리 있는 괴물들을 가리켰다.

"저 무시무시한 괴물들의 주인이랍니다."

환웅의 목소리는 아무 능력 없는 인간들의 뇌를 뒤흔들었다.

하지만 범 사냥꾼들이나 범들에게까지는 통하지 않았다.

많은 괴물을 만들어내느라 전보다 힘이 약해져서 고대의 힘 일부를 갖고 있는 존재들까지 현혹시킬 수는 없었던 것이다.

하지만 그것으로도 충분했다.

인간들 사이에 불온한 분위기가 번지자 범 사냥꾼들과 범 들은 불안한 시선을 주고받았다.

뭔가 심상치 않게 돌아가고 있다.

"너무 무섭지 않나요?"

환웅이 후포를 집어던졌다.

여기저기 상처 입은 후포가 인간들 사이에 떨어졌다.

"얼른 죽여버려요."

제정신이었다면 인간들은 후포를 죽일 엄두를 내지 못했을 것이다.

범이라는 것만으로도 두려운데 괴물의 주인이기까지 하니 까.

하지만 환웅의 음성이 뇌를 파고들어 실처럼 엉킨 인간들은 그저 한 가지 생각만 할 수 있었다.

'저걸 죽이면 평화를 되찾을 수 있어!'

"우, 우와아아아아!"

"으아아!"

인간들이 괴성을 지르며 후포를 향해 달려들었다.

"크허어어엉!"

"그만둬!"

범들이 포효하며 인간들을 밀치고 후포를 향해 달려갔다.

"범이다! 이쪽에도 범이 있다!"

"죽여! 다 죽여버려!"

인간들은 더 이상 범의 존재를 두려워하지 않았다.

분노와 증오, 울분이 새까맣게 차올라 그저 범을 모조리 죽여야만 한다는 생각에 사로잡혀 있었다.

도망치는 와중에 무기를 챙겨나온 인간들은 후포를 찌르고, 후포를 구하려 하는 범들을 공격했다.

범들의 발톱이 예리하게 빛나는 걸 보면서도 피하지 않았다.

발톱에 팔이 찢겨도, 옆에 있던 인간이 저 멀리 날아가도 불에 달려드는 불나방처럼 범들을 향해 달려들었다.

"제길!"

인간을 죽일 수도, 그렇다고 범들을 죽일 수도 없어서 망설이던 동철이 무기를 쥐고 달려나갔다.

동철은 총 손잡이로 인간들의 뒤통수를 가격해 쓰러뜨리며 외쳤다.

"정신 차려! 누가 봐도 저 자식이 수상하잖아! 정신 차리라고!"

"다들 정신 차려! 범은 적이 아니야!"

다른 범 사냥꾼들도 동철처럼 인간들을 후려치고 밀쳐내면서 외쳤다.

하지만 이성을 잃은 인간들의 수가 너무 많았다.

후포는 바닥에 쓰러져 인간들에게 발길질을 당하고 무기에 찔리며 쓴웃음을 지었다.

'결국 이렇게 죽는가.'

일어나서 싸운다면 인간들 몇은 죽일 수 있을 것이다.

하지만 모두를 죽일 수는 없고 그리고 싶지도 않았다.

고대의 전쟁에서도 지금도 처절하게 패배했다.

진짜 적을 간파해내는 것이 너무 늦었다.

중간에서 교묘하게 범과 곰을 갈라놓은 환웅의 이간질에 두 번이나 당해버렸다.

여기서 인간을 모조리 죽인들 살아남을 수나 있을까.

어차피 저 밖에서 대기 중인 괴물들이 살아남은 쪽을 모조리 죽여버릴 것이다.

후포가 일어나서 인간들을 학살하는 건, 환웅이 원하는 것.

그것을 알기에 후포는 그저 쓰러져 인간들의 공격을 받아냈다.

진짜 적을 눈앞에 두고도 인간과 범과 범 사냥꾼들은 서로와 싸울 수밖에 없었다.

부질없는 피가 흐르고 환웅이 안배한 가짜 혈관이 피를 흡수했다.

지하를 지나가는 가짜 혈관은 또다시 꿀렁거리며 괴물들에게 생명을 나눠주고 있을 터였다.

채앵-!

맑고 날카로운 소리가 후포의 귀를 파고든 건, 한 사내가 든 부엌칼이 후포의 팔을 찔렀을 때였다.

인간들을 막아내고 후포를 구하기 위해 날뛰던 범들도 그 소리를 듣고 움직임을 멈췄다.

그들의 시선이 한 방향으로 향했다.

인왕산.

그곳에서 무언가가 내려오고 있었다.

그때까지도 환웅은 변화를 눈치채지 못했다.

그저 검은색 부채를 입가에 대고 미소를 감춘 채 모두를 지켜보고 있었을 뿐.

어느 순간부터 후포와 범들을 죽이려고 날뛰던 인간들이 하나둘씩 움직임을 멈췄다.

반 이상이 싸움을 멈췄을 때에야 환웅은 이상하다는 걸 깨달았다.

삶의 의지를 내려놓은 듯 쓰러져 있던 후포가 서서히 몸을 일으키는 것이 환웅의 눈에 들어왔다.

후포의 털이 흩날리며 그의 주위로 검은 안개가 스멀스멀 뿜어져 나왔다.

그뿐이 아니었다.

아무 힘 없던 인간들이 뭔가 이상하다는 듯 자신의 손을 내려다보고 있었다.

이제 그곳에서 날뛰는 사람은 아무도 없었다.

그때에야 환웅은 제 발밑을 흐르고 지나가는 힘을 느꼈다.

오래전에 환웅이 제 손으로 부숴버린 신단수의 힘.

환웅에게는 허락되지 않았던 그 힘이 환웅의 신시에 짙게 깔려 있었다.

현혹에서 풀려난 사람들이 모두 환웅을 응시했다.

환웅은 그들을 보며 빙그레 웃었다.

"저런. 벌써 정신을 차려버렸네요."

환웅의 입술이 귀까지 찢어졌다.

"하지만 상관없어요."

환웅이 부채를 들어 올리자, 부지 밖에 모여 있던 괴물들이 일제히 움직이기 시작했다.

사람들 사이에 섞여 있던 가짜 인간들도 제 힘을 드러냈다.

"으아아아!"

"우워어어어!"

인간들은 잃었던 힘을 되찾았지만 아직은 미약했다.

괴물은 너무 많고 너무 강했다.

괴물이 뿜어내는 독에 인간들이 쓰러지고, 괴물의 촉수에 인간들의 육체가 뚫렸다. 목이 베이고 팔이 떨어졌다.

그렇게 흘린 피가 모여 가짜 혈관을 지나가서 아직 깨어나지 않은 알들에게 생명을 불어넣었다.

지하에서도 스멀스멀 괴물들이 기어 나왔다.

"미치겠군."

동철은 제 육체가 전보다 더 강해지고 단단해진 걸 느꼈다.

왜인지 상처를 입어도 금방 나았지만, 괴물을 단숨에 죽이기는 힘들었다.

여러 명이 달라붙어서 한 마리를 죽이면, 또 다른 괴물이 그 자리를 채웠다.

범들도 마찬가지 상황이었다.

지추와 허서, 옥엽 등이 지하에서 막 태어난 괴물들을 죽이며 뚫린 공간을 통해 지상으로 올라왔다.

후포는 부하들과 함께 환웅을 공격하려 했지만, 그럴 때마다 인간의 모습을 한 괴물들에게 가로막혔다.

수많은 인간을 잡아먹어서 인간의 형체를 갖게 된 괴물은 범 여럿이 함께 달려들어도 죽이기 힘들 정도로 강했다.

인간 형태의 괴물들이 환웅을 둥글게 둘러싸고 그를 보호하는 한, 환웅에게 도달할 방법이 없었다.

환웅은 느긋하게 부채를 흔들며 눈앞에서 벌어지는 참혹한 광경을 눈에 담았다.

콧노래가 절로 나올 만큼 근사한 광경이었다.

환웅은 바로 이런 장면을 원했다.

내 아이들이 버러지 같은 범족과 곰족을 짓밟고 내려다보는 장면.

바로 이 장면을 위해 오랜 시간 살점을 떼어내고 피를 내어

주며 공들여 아이들을 키웠다.

　저 역겨운 것들을 신시에서 모조리 지우고 나면 내 아이들이 이 신시를 채우리라.

　"그리고 나를 향해 더없는 존경과 애정이 담긴 시선을 보내겠지요."

　환웅이 노래하듯 중얼거렸을 때, 이변이 일어났다.

제 85 화
환웅 part 3

인왕산 쪽에서 내려온 검은 안개가 괴물들의 뒤를 쳤다.

끼에에에엑!

캬아아악!

괴물들의 비명이 커지자, 환웅은 그쪽으로 시선을 옮겼다.

거대한 검은 안개.

그림자 세계에 남아 있던 범들이 인왕산에서 내려왔다.

"주군!"

수백 명의 범족이 후포를 불렀다.

"이리로 와라!"

후포가 외쳤다.

"이놈을 죽이는 데 집중해라!"

환웅이 살짝 미간을 좁혔다.

"저런……."

제 아이들이 죽어가는 데도 환웅의 얼굴에는 슬픔이 떠오르지 않았다.

아이들은 다시 만들면 그만이다.

환웅은 근처에 있던 인간 형태의 괴물들 몇 마리에게 명령했다.

"너희는 저것들을 쓸어버리렴."

괴물들이 그쪽으로 몸을 날렸다.

괴물들은 범들을 향해 달려가면서 앞을 가로막는 인간들을 모조리 죽였다.

처참한 힘 차이에 인간들은 절망했다.

범들도 마찬가지였다.

완성형의 괴물들은 일반 괴물들과는 차원이 다른 힘을 갖고 있었다.

후포를 비롯한 상급 범들조차 완성형 괴물 한 마리를 처치하는 것이 버거운 상황.

이제 막 인왕산을 내려온 범들 중 상급 범은 손에 꼽을 만큼 수가 적었다.

인간들과 범들의 절망을 피부로 느낀 환웅이 히죽 웃을 때였다.

콰아아아아-!

환웅의 머리 위에서 장대한 힘이 내리꽂혔다.

환웅은 거대한 힘보다 머리털이 곤두서는 소름을 먼저 느꼈다.

반사적으로 치켜든 검은색 부채에.

채앵-!

세로로 찍혀 내려오던 묵색 검이 부딪쳤다.

상반된 두 개의 힘이 부딪쳐 파동이 퍼져나갔다.

그 힘을 느낀 인간들과 범들, 괴물들이 움직임을 멈췄다.

그들의 눈에 놀라운 광경이 들어왔다.

부채를 두 손으로 들어 올려서 버티는 환웅. 그리고 위에서 검을 세로로 세워 찍어누르는 제하.

바람도 불지 않는데 환웅과 제하의 머리카락이 흩날렸다.

제하를 알아본 환웅의 얼굴에서 미소가 사라졌다.

흐트러진 검은 머리칼, 황금빛 눈동자, 오뚝한 코와 고집스럽게 다문 입술.

제하의 얼굴은 타배와 다른데도 환웅은 그에게서 타배를 느껐다.

"타배……"

힘겹게 버티는 환웅의 입술 사이로 오랫동안 부르지 않은 음성이 흘러나왔다.

온 힘을 다하는 환웅과 달리 제하는 여유로운 미소를 지었다.

"아니."

제하의 팔에 힘이 들어갔다.

단단히 버티고 있던 환웅의 다리가 비틀, 흔들렸다.

"나는 제하다."

환웅은 두 눈을 부릅떴다.

한낱 인간 따위에게 밀린다는 사실을 인정하고 싶지 않았다.

후포가 인간들에게 맞아 죽는 걸 보기 전까지는 제 모습을 드러내지 않으려 했건만.

환웅의 등에서 여러 개의 촉수가 튀어나와 제하의 옆구리와 목을 노렸다.

제하는 피하지 않았다.

제하의 어깨가 두툼해지며 촉수 하나를 튕겨냈다.

쌔액-!

어디선가 날아온 화살이 또 하나의 촉수에 박히고.

스아악-

두 개의 단검이 촉수를 휘감으며 예리하게 빛났다.

그제야 환웅은 이곳에 있는 사람이 제하뿐이 아니라는 걸 깨달았다.

길고 단단한 장창이 환웅의 옆구리를 노렸다.

환웅은 몸을 비틀어 척살검을 밀쳐내며 부채로 장창을 쳐냈다.

착호는 환웅이 숨 돌릴 틈을 주지 않았다.

정확하게 환웅을 노리며 비산하는 화살, 번쩍이는 단검과 현란하게 움직이는 장창. 그리고 묵직하게 내리쳐오는 척살검.

제하와 환, 세인과 주안은 마치 한 몸인 듯 합이 맞았다.

물 샐 듯 쏟아지는 공격에 빈틈이 없어서, 피하는 것만으로도 벅찼다.

아이들을 만들기 위해 너무 많은 살과 피를 내어준 탓이다.

환웅의 능력으로 만들어냈던 인간의 얼굴에 점점 균열이 생겼다.

부드럽게 움직이던 관절에서 삐걱삐걱 소리가 났다.

환웅은 가까스로 고개를 돌려 제 주위를 둘러싸고 인간과 범들을 막아내는 인간형의 괴물들을 보았다.

고대의 힘이 흘러 내려오면서 평범한 인간들에게도 힘이 생겼다.

특히 범 사냥꾼이나 범들은 거의 고대의 범족과 곰족처럼 움직이고 있었다.

인간형 괴물들은 강했지만 끊임없이 쏟아지는 맹공격을 완벽하게 막아내지는 못했다.

흠집 내기 힘들었던 피부가 찢겨 거무죽죽한 피를 흘리는 괴물을 향해 환웅은 촉수를 뻗었다.

촉수 끝이 인간형 괴물의 등을 뚫어서 들어 올렸다.

환웅이 같은 편을 공격하자, 주변에 있던 사람들은 어안이 벙벙해져서 허공으로 떠오르는 괴물을 올려다봤다.

몸을 비튼 괴물은 제 등을 뚫은 것이 환웅이라는 걸 확인하고 눈을 휘둥그레 떴다.

"아버지…… 어째서……?"

깜짝 놀라서 묻는 인간형 괴물의 표정은 거의 인간 같았다.

환웅은 제 아이를 향해 인자하게 미소 지었다.

"내 힘이 되어다오."

"아버지!"

촉수가 여러 갈래로 갈려 괴물을 조각냈다.

떨어지는 괴물의 살점과 피가 환웅의 머리 위로 쏟아져 내렸다.

깨진 유리처럼 갈라지던 환웅의 피부가 원래대로 돌아왔고, 검은 눈동자가 음산한 빛을 내뿜었다.

피를 피하기 위해 잠시 뒤로 물러났던 제하가 인상을 찌푸렸다.

"네 자식이라며?"

환웅이 히죽 웃었다.

입술 사이로 보이는 이빨에도 피가 묻어서 기괴했다.

"아이는 또 만들면 되니까."

환웅의 촉수 하나가 또 인간형 괴물을 향해 뻗어갔다.

"세상 어느 부모가 그딴 생각을 해!"

제하가 척살검을 치켜들고 촉수 위로 몸을 띄웠다.

촉수를 내리찍는 척살검.

하지만 환웅은 시간차로 더 많은 촉수를 만들어내 주변에 있는 인간형 괴물들의 등을 꿰뚫었다.

촉수 하나는 척살검에, 또 하나는 세인의 단도에 끊겼지만 나머지는 환웅의 의도대로 촉수에 꿰어 허공으로 올라갔다.

인간형 괴물들은 제 아버지의 손에 찢겨 제 아버지의 양분이 되기 위한 피를 흘렸다.

"피해!"

제하가 환웅 근처에서 계속 공격을 하고 있던 세인의 허리를 끌어당기며 환웅에게서 멀찌감치 떨어졌다.

제하의 외침을 들은 주안과 환도 뒤로 물러섰다.

제 자식들의 피와 살점을 받아들인 환웅에게서 음산하고 서늘한 검은 빛이 흘러나오고 있었다.

제하보다 작았던 육체가 점점 커지며 입고 있던 옷이 찢어졌다.

"헉!"

"저, 저게 뭐야?"

"괴물……."

멀리에 있어서 환웅이 뻗어내는 촉수를 제대로 보지 못했던 사람들은 점점 부풀어가는 검은 형태를 뒤늦게 발견했다.

괴물들과 싸우고 있던 동철이 피 섞인 침을 퉷 뱉었다.

"가지가지 하는군."

성희가 부러진 손가락을 만지작거리며 중얼거렸다.

"예쁘장한 남자라고 생각했는데 저런 모습일 줄은 꿈에도 몰랐는걸."

괴물 가까이에 있던 착호 일행도 가만히 있지는 않았다.

환웅이 완전히 부풀기 전에 죽이기 위해 맹공격을 퍼부었지만, 아까와 달리 환웅은 밀리지 않았다.

두 손으로 잡고 세게 휘두르는 검이 환웅의 단단한 피부에 부딪혀서 터엉, 터엉, 소리를 내며 몇 번이나 튕겨 나갔다.

주안이 두꺼워진 두 팔로 장창을 찔러넣어도 미세한 상처만 낼 뿐이었다.

"와씨……, 이거 어떡하지?"

칼춤을 추듯 공격하던 세인이 헐떡거리며 물었다.

환이 활을 공중으로 겨누고 시위를 당겼다.

타앗-

손가락을 놓자, 화살이 쌔액 날아가 환웅의 눈동자를 정확하게 찔렀다.

"크아아아아악!"

거대해진 환웅이 온몸을 비틀며 비명을 질렀다.

기포가 끓듯이 부글부글 끓어오르며 거대해지는 육체에서.

스아아악-

독 안개가 뿜어져 나왔다.

"이런……!"

진녹색 독 안개를 본 제하가 팔뚝으로 코를 가리며 뒤로 물러섰다.

환웅의 육체는 여러 괴물이 섞인 덩어리처럼 커졌지만, 인간일 때의 팔다리와 얼굴은 그때의 크기 그대로 남아 있었다.

허리 부근에 붙어 있던 팔이 꿈틀꿈틀 움직여 위쪽으로 올라가 눈에 박힌 화살을 빼냈다.

환웅의 작은 얼굴이 아래쪽으로 움직여 내려왔다.

괴물의 배에 환웅의 얼굴이 붙어 있는 꼴이었다.

환웅이 하나만 남은 눈으로 제하를 빤히 응시하며 히죽 웃었다.

"이리 와라, 내 아이들아. 이리 와서 아버지의 힘이 되어다오."

환웅이 변신할 때부터 멈춰 있던 괴물들이 일제히 움직이기 시작했다.

괴물들은 불에 뛰어드는 불나방처럼 환웅을 향해 두려움 없이 다가왔다.

"아, 안 돼! 막아!"

동철이 비명처럼 외치며 달려왔다.

범 사냥꾼들과 범들도 괴물들과 환웅의 사이로 뛰어들었다.

콰아앙-!

퍼엉-!

타앙-! 탕-!

무기와 괴물들이 부딪치는 소리가 요란하게 울렸다.

강한 힘이 담긴 무기와 괴물의 단단한 피부가 부딪칠 때마다 격한 파동이 일어났다.

평범한 인간이었다가 결계가 깨지면서 고대의 힘을 얻게 된 인간 중 일부는 이미 정신을 차리고 싸우고 있었지만, 대부분은 여전히 공포에 질려 있었다.

약간의 힘을 얻었다고 해도 괴물이 내뿜는 위압감은 여전히 어마어마한 와중에, 믿었던 환웅까지도 끔찍한 괴물이 되어버리니 정신을 차릴 수가 없었다.

"다들 정신 차려어어어!"

범 사냥꾼들이 외쳤다.

"이놈들을 막아야 해!"

괴물들이 환웅에게 도달하면 환웅은 더욱더 거대한 적이 될 터였다.

지금도 착호가 밀릴 정도인데, 모든 괴물을 흡수했을 때 환웅이 어떻게 변할지는 상상하고 싶지도 않았다.

범 사냥꾼들의 날카로운 외침에 조금쯤 이성을 되찾은 사람들은 제 주위에 쓰러져 죽은 사람들을 내려다보았다.

또다시 덜컥 겁이 났지만.

"뭣들 하니? 어서 이리로 와."

배에 붙은 얼굴로 은은한 미소를 지으며 현혹시키려는 듯 달콤한 목소리로 제 아이들을 부르는 환웅의 모습에 다들 마른침을 삼키며 결심을 굳혔다.

제 86 화

섞인 자

무기 한번 쥐어본 적 없었던 여고생이 죽은 사람이 들고 있던 총을 빼앗아 들었고, 잡아본 거라고는 부엌칼밖에 없는 요리사가 파이프를 쥐었다.

남고생은 옆에 굴러다니는 부엌칼을 집어 들었고, 회사원은 덜덜 떨면서도 도낏자루를 두 손으로 꽉 붙잡았다.

"으아아아아!"

부엌칼을 쥔 남고생이 고함을 지르며 괴물들을 향해 달려드는 것을 시작으로.

"우워어어어어!"

"와아아아아!"

지금껏 움츠리고 있던 다른 사람들도 제각각 무언가를 손에 쥐고 환웅과 괴물들 사이로 달렸다.

바닥에 잔잔하게 깔려 있던 고대의 힘이 사람들의 발에 휘감겨 소용돌이처럼 치솟았다.

가느다란 팔이 두꺼워지고 힘없던 손등에 굵은 힘줄이 튀어나왔다.

사람들은 제 몸의 변화도 느끼지 못한 채, 그저 괴물들을 환웅과 떨어뜨리기 위해 몸을 던졌다.

예상치 못한 인간들의 반응에 환웅의 얼굴이 와락 일그러졌다.

성가시게 달라붙는 착호의 공격을 막아내던 촉수들이 개미떼처럼 모여든 인간들을 향해 뻗어 나갔다.

"어딜!"

제하가 몸을 날려 촉수를 몇 개 베어냈다.

주안의 창이 촉수들을 휘감아 아래로 내리찍었고, 동시에 쏘아진 여러 개의 화살이 촉수들에 명중했다.

하지만 환웅도 만만치 않았다.

제 몸의 일부가 끊겨나가는데도 환웅은 아무것도 느껴지지 않는 듯 계속해서 촉수를 만들어냈다.

"끝이 없겠는데."

세인이 얼굴에 묻은 독을 손등으로 쓱 쓸어내며 말했다.

환웅의 육체에서 안개처럼 뿜어져 나오는 독은 닿으면 피부를 녹였다.

세인의 얼굴 일부가 녹아내려 속살이 드러났다가 스르륵 원래 모습으로 돌아갔다.

곰족의 상처 치유 능력 덕분이었다.

환이 남은 화살 개수를 확인하며 물었다.

"하루는…… 아직 소식이 없어?"

이 자리에 없는 하루와 도건, 호수는 다른 일을 하러 갔다.

"아직."

제하가 척살검을 비스듬히 쥐고 모여 있는 사람들에게로 달려가며 외쳤다.

"하지만 곧 끝날 거야!"

파차앙-!

척살검에서 흘러나온 푸른 빛과 사람들을 공격하려는 환웅의 촉수가 세게 부딪쳤다.

괴물들이 환웅에게 가지 못하도록 막고 있는 인간들과 범들은 괴물과 환웅, 양쪽의 공격으로 무수히 죽어나가고 있었다.

죽을 때마다 흘리는 피가 지하의 가짜 혈관에 흡수되어 또 다른 괴물들을 만들어냈다.

뚫린 구멍에서 끊임없이 괴물들이 기어 나오고 있었다.

인간형의 괴물들을 상대하던 후포를 비롯한 상급 범들도 이제는 환웅과 괴물들 사이에서 싸웠다.

후포와 제하의 눈이 마주쳤다.

순간, 사마귀처럼 생긴 괴물의 낫 같은 앞다리가 후포의 등을 꿰뚫었다.

제하가 깜짝 놀라서 다가가려 했지만 후포의 눈동자가 옆으로 슬쩍 돌아갔다가 다시 제하에게로 향했다.

날 구할 필요 없다.

그렇게 말한다는 걸 제하는 알고 있었다.

제하는 이를 악물고 다른 사람들을 지키며 이살 타워 쪽을 응시했다.

'하루야. 빨리……'

하루와 도건, 호수도 여유를 부리고 있는 건 아니었다.

그들은 이살 타워에 감싸여 있는 거대한 나무를 찾아냈다.

신단수를 본떠서 만들었지만, 청명한 가지를 뽐내는 신단수와 달리 불길한 기운을 뿜어내는 검은색 나무.

강철로 만들어진 듯한데 줄기를 따라 무수히 많은 핏줄이 타고 올라가고 있었다.

하루 일행을 따라온 몇 명의 범들이 기분 나쁜 듯 인상을 찌푸리고 가짜 신단수를 올려다봤다.

유수가 불쾌한 목소리로 말했다.

"눈송이가 이런 걸 만들어내다니⋯⋯."

기억을 되찾은 착호들은 신시의 지배자가 되기를 간절히 원했던 '눈송이'가 신시와 같은 무언가를 만들어냈을 거라고 확신했다.

신시의 주민들에게는 허락되었지만, 눈송이에게는 허락되지 않았던 신단수.

하루가 신단수에 다가가서 손바닥을 얹었다.

두쿵- 두쿵-

가짜 신단수에서는 마치 심장박동처럼 규칙적인 박동을 느낄 수 있었다.

"분명 이것이야말로 환웅이 모든 힘을 쏟아부어서 만든 힘의 집약체일 테지."

"어서 부수자."

호수가 두 팔을 벌렸다.

호수의 황금색 눈이 태양처럼 빛나며 두 팔의 근육이 울룩불룩 거대해졌다.

하루와 도건도 마찬가지로 팔에 힘을 쏟아부으며 신단수에 달라붙었다.

"야, 너희 그러고 있으니까 진짜 곰족 같다."

유수가 그리운 듯 말하며 검을 빼 들었다.

다른 범들도 무기를 꺼내거나 손톱을 길게 빼내 가짜 신단수를 부수기 위해 공격을 퍼부었다.

챙-!

서걱-!

스아아악-!

범들의 매섭고 날카로운 공격과 곰의 힘을 끄집어낸 하루 일행의 괴력이 가짜 신단수에 쏟아졌다.

가짜 신단수는 거대하고 단단해서 결코 부서지지 않을 것만 같았다.

하지만 집요한 공격이 계속되자 견고해 보이던 줄기에 아주 작게나마 균열이 생기기 시작했다.

그리고 그 균열을, 환웅은 느꼈다.

괴물들은 인간과 범들의 방해를 뿌리치고 기어이 환웅에게 도달했다.

환웅은 제 자식들을 가차 없이 집어삼키며, 자신을 방해하는 놈들을 죽이고 밟았다.

자식들을 많이 잡아먹을수록 환웅의 힘은 점점 강대해지고 육체는 점점 단단해졌다.

거대하게 부풀어가는 환웅의 눈에 인간과 범들은 그야말로 물에 휩쓸린 개미 떼들처럼 보였다.

"으하하하하하!"

환웅은 승리를 예감하며 웃음을 터뜨렸다.

고막을 찢을 듯 날카로운 웃음소리에 사람들이 괴로워하자, 환웅의 웃음소리가 더 커졌다.

"으하하하하하!"

거대하게 부푼 환웅의 몸이 앞뒤로 흔들리며 녹색 독무가 뿜어져 나갔다.

"으아아아악!"

"누, 눈이 안 보여!"

"살려줘!"

사람들의 비명이 환웅에게는 우아한 노랫소리로 들렸다.

"내가 보이느냐! 나를 알겠느냐! 나는 너희가 무시했던 눈 송이며, 너희가 존경했던 설이며, 너희가 경외했던 환웅이다! 하지만 너희는 내 진짜 이름을 모르지."

환웅의 음성이 웅웅 울렸다.

울룩불룩하던 몸체에서 여러 얼굴이 튀어나왔다.

그중에는 범족도 있고 곰족도 있으며, 고대 신시를 살았던 다른 종족의 얼굴들도 있었다.

몸체에서 튀어나온 얼굴들이 여러 목소리로 동시에 외쳤다.

"나는 불가살이다!"

"아니."

환웅의 귓가에서 작은 목소리가 들려왔다.

그 순간, 환웅은 가짜 신단수에 균열이 생긴 것을 느꼈다.

휙 몸을 돌리는 환웅의 눈에 어느새 환웅의 몸통을 기어 올라온 제하가 보였다.

독무를 뚫고 올라온 제하는 피부가 녹아서 핏물이 흘러내렸지만, 두 눈동자만큼은 태양처럼 찬란하게 빛났다.

묵빛 검이 날카롭게 반짝였다.

"너는 그냥."

제하가 세로로 세운 검을 환웅의 얼굴에 찍어 내렸다.

"개자식이야."

"크아아아아아!"

환웅의 비명과 함께.

우지지직-!

콰아아아-!

무언가가 부서지는 굉음이 울려 퍼졌다.

환웅의 촉수가 제하를 후려쳤지만, 환웅의 피부에 두 발을 끼워 넣은 제하는 꿈쩍도 하지 않고 환웅의 얼굴에서 검을 빼 냈다.

"너는 눈송이도 아니고."

검 끝이 또다시 환웅의 얼굴을 찍었다.

"설도 아니고."

콰직-!

"환웅도 아니야."

콰직-!

콰르르르-!

환웅의 얼굴이 부서지며 이살 타워에도 뱀처럼 균열이 퍼져 나갔다.

가짜 신단수가 쓰러지며, 그것을 감싸고 있던 건물을 부수고 있었다.

각각 생명을 가진 듯 이리저리로 움직이던 수십 개의 촉수가 점점 느려졌다.

환웅을 향해 달려오던 괴물들도 움직임이 더뎌지기 시작했다.

사람들은 괴물들이 약해진 걸 깨닫고 다시 한번 용기를 냈다.

환웅의 눈동자가 인간과 범들의 손에 죽어가는 제 자식들에게로 향했다가 다시 제하에게 향했다.

단 한순간도 흔들리지 않았던 환웅의 새까만 눈동자에 처음으로 공포가 떨어져 파문을 일으켰다.

"그리고 너는."

제하가 두 손으로 검을 치켜들었다.

그 뒤로 장창을 들고 있는 호수와 활을 겨눈 환, 양손에 단도를 든 세인이 있었다.

그들의 무기 끝은 정확하게 환웅의 얼굴을 겨누고 있었다.

"불가살이도 아니야. 그냥 열등감 그 자체지."

"아니야아아아아!"

콰지익–!

마지막 공격으로 환웅의 얼굴이 완전히 깨졌다.

환웅의 거대한 육체가 요동치며 여기저기에 거대한 물집 같은 것이 부풀어 올랐다.

이제껏 환웅이 잡아먹었던 생물들의 얼굴이 떠올랐다가 사라지기를 반복했다.

제하 일행은 서둘러 환웅에게서 떨어지기 위해 몸을 날렸다.

그 순간.

와장창–!

콰아앙–!

이살 타워가 완전히 무너지고 그 뒤에서 쓰러진 가짜 신단수가 환웅을 덮쳤다.

부풀 대로 부풀었던 환웅의 몸이 가짜 신단수의 가지에 찔려 폭발했다.

독성을 머금은 검은색 살점이 여기저기로 뿌려졌다.

치지직– 칙–

환웅의 살점을 맞은 곳이 타들어 갔지만, 제하와 환, 세인과 주안은 묵묵히 환웅을 지켜봤다.

이살 타워를 뒤덮을 듯 커졌던 환웅의 몸이 점점 작아지고 있었다.

환웅의 가면 아래에 있던 얼굴은 하얀 솜털이 보송보송했다. 솜털 사이에 까맣고 동그란 눈이 두 개 달려 있었다.

"나는 섞인 자다."

환웅은 여전히 독기를 품은 눈으로 제하를 노려봤다.

가짜 신단수 아래에서 빠져나오려고 애썼지만, 무거운 신단수를 밀어낼 만한 힘이 없었다.

"신시는 섞인 자와 함께 멸망할 것이다. 내가 바로 신시를 멸망시킬 자다!"

"그래, 너는 이미 신시를 멸망시켰지. 그리고 새로운 신시를 만들어냈어. 너의 신시."

환웅의 눈동자가 흔들렸다.

환웅은 인간의 크기가 되었지만, 점점 더 작아지고 있었다.

환웅에게 붙들려 있던 것들이 떨어져 나가 먼지처럼 바스라져 사라졌다.

"그리고 우리가 너의 신시를 멸망시킨 거야."

제하가 환웅의 옆에 쭈그리고 앉았다.

"우리도 섞인 자거든."

제 87화

산 너머

환웅의 눈이 커졌다.

환웅은 이제 강아지 크기로 줄어들었다.

인간이었던 모습은 완전히 사라지고 털 뭉치 같은 것이 되어가고 있었다.

"나는, 나는 지지 않았어! 이 신시는 내 거야. 내가 만들었고, 내가 키웠어. 신시는 내 아이들과 내가 살아갈 곳이야."

환웅의 목소리에는 이제 위엄이 담겨 있지 않았다.

어린아이가 앵알거리는 것처럼 들렸다.

이제 하루와 도건, 호수도 와서 환웅의 옆에 서 있었다.

후포를 비롯한 범들도 다가와 환웅을 둘러쌌다.

후포를 발견한 환웅의 눈에 다시 독기가 서렸다.

"너희는 항상 그런 눈으로 내려다봤지! 내가 왜 이런 짓을 했는지 알기나 해? 너희가 그렇게 보지만 않았더라도 나는 너희를 용서해줬을 거야. 너희는 나를 무시해서는 안 됐어! 너희는…… 너희는……!"

제하가 손을 뻗어 환웅을, 아니, 눈송이를 집어 들었다.

타배가 어깨에 올려두고 다니며 귀여워해줬던 작은 생명체.

"네 말대로 타배는 어리석었어. 믿지 말아야 할 것을 믿고, 아끼지 말아야 할 것을 아꼈으니까."

"아니, 그놈은 날 동정했을 뿐이야. 높은 곳에 있는 놈들은 항상 그렇지. 하지만 나는 불가살이. 취하며 강해지는 자다. 내가 여기서 끝날 것 같은가! 내가 반드시 이 신시를……."

"잘 가."

제하가 손에 힘을 주자, 자그마한 솜털이 바스라졌다.

눈송이는 자신이 죽는 줄도 모르고 죽었다.

한때 신시의 지배자였던 환웅의 마지막은 그토록 허망했다.

❖ ❖ ❖

환웅은 마지막까지 너무 욕심을 냈고, 마지막까지 너무 오만했으며, 마지막까지 너무 여유를 부렸다.

모든 것이 제 손안에 든 줄 알고 인간과 범들을 가지고 놀기 위해 시간을 끌던 것이 제 발목을 잡게 되었다.

몇 명의 인간과 몇 명의 범은 환웅의 의도대로 놀아났을지 모르지만, 환웅의 의도에서 벗어난 몇 명의 인간과 몇 명의 범이 환웅의 원대한 계획을 망쳤다.

환웅은 인간들이 그저 제 목숨만 챙길 거라고 예상했지만, 인간들은 신시를 구하기 위해 목숨을 걸었다.

환웅이 온 힘을 쏟아부어서 만든 가짜 신단수가 부서지며 신단수의 뿌리에서 이어지던 혈관들이 말라비틀어졌다.

가짜 혈관을 타고 흐르는 피와 환웅의 힘으로 유지되던 괴물들은 가짜 신단수가 쓰러지자 같이 쓰러졌다.

싸움은 끝났지만 기쁨의 환호는 울리지 않았다.

너무 많은 희생이 있었다.

"수진아! 수진아, 어디 있어?"

"엄마. 엄마! 엄마, 나 희연이야. 엄마!"

"아빠아아아아. 으아아아앙."

"여보! 재우 아빠, 어디 있어요? 재우 아빠!"

싸움이 끝났다는 걸 깨달은 사람들은 이곳까지 함께 온 제

가족이나 친구, 연인을 찾아서 돌아다녔다.

　소중한 이의 시신을 발견한 사람들의 울음소리가 창백하게 울려 퍼졌다.

　착호 역시 슬픔에 젖어서 주위를 돌아다녔다.

　앞장서서 싸운 범 사냥꾼들 대부분은 죽었다.

　동철과 성희, 문호…… 그 외에도 얼굴을 아는 범 사냥꾼들의 죽음을 확인했다.

　착호는 그들의 싸움을 보지 못했지만, 그들의 마지막 모습으로 그들이 얼마나 처절하게 싸웠는지 알 수 있었다.

　찢긴 팔, 부러진 다리, 한 움큼 먹힌 허리.

　온전한 시신이 없었다.

　범들도 마찬가지였다.

　허서는 한쪽 팔이 아예 사라졌고, 마로는 몸이 반으로 잘려 죽었으며, 옥엽은 죽어가고 있었다.

　허서는 옥엽의 옆에 책상다리를 하고 앉아서 말했다.

　"안 죽기로 했잖아."

　옥엽이 피식 웃었다.

　"그런 적 없는데."

　"있어."

"없어."

"있어."

"……."

"있다고. 한 이백 년 전쯤에 안 죽기로 약속했었다고."

"……."

고개를 푹 숙이고 흐느끼는 허서의 옆에 후포가 비틀거리며 다가갔다.

후포가 어깨에 손을 올리자, 허서가 눈물 젖은 눈으로 후포를 올려다봤다.

"옥엽이 죽었어요, 주군. 마로도 죽었고요."

"그래."

후포가 털썩 쓰러졌다.

피에 젖은 후포를 보며 허서가 쓸쓸하게 웃었다.

"주군도 죽겠네요."

"그래."

"그럼 나 혼자 뭐 하고 살아요?"

"좋아하는 TV나 실컷 봐라."

"같이 봐야죠. 주군도 TV 좋아하면서."

"몇 번이나 말했지만 안 좋아한다."

담담하게 대화를 나누는 후포의 옆에 두 발이 멈췄다.

제하였다.

후포는 누운 채로 제하를 올려다보며 히죽 웃었다.

"몰골이 말이 아니군."

"응."

"잘되었지 않은가. 꼴 보기 싫은 놈이 죽게 되었으니."

"그러게."

제하가 후포의 옆에 앉았다.

"잘됐네."

"풍래가 그랬지. 언젠가 아이를 낳게 된다면 세상에서 제일 사랑스러울 거라고."

"……그래."

"아름답고 평화로운 신시를 여기저기 데리고 다니면서 놀아 줄 거라고."

"……"

"아쉽구나. 네게 그 신시를 보여줄 수 있다면 좋을 텐데."

"앞으로 그런 신시가 될 거야."

"그거 기대되는군."

후포가 눈을 감았다.

"정말 기대돼."

제하는 고개를 숙인 채 허서의 흐느낌을 들었다.

제하야말로 울고 싶었다.

신시를 지키고 싶었는데 이게 정말 신시를 지켰다고 할 수 있는 걸까?

환웅은 죽었지만 그 이상으로 많은 사람이 죽었다.

환웅을 이겼음에도 기쁨의 함성이 아닌 슬픔의 절규가 곳곳에서 터져 나오고 있었다.

이제 신시에는 위험이 없지만, 소중한 사람도 없게 되었다.

제하는 두 손으로 얼굴을 덮었다.

'내가 좀 더 강했더라면…….'

그랬으면 더 빨리 환웅을 죽였을 텐데. 이렇게 많은 희생을 막을 수 있었을 텐데.

죄책감과 후회를 품은 것은 제하만이 아니었다. 그 자리에 있는 모두가 같은 기분을 느끼고 있었다.

내가 조금 더 빨랐다면, 내가 조금 더 강했다면.

그랬다면 내 소중한 사람을 지킬 수 있었을 텐데.

"싸움이 끝났다."

덧없는 후회로 눈물 흘리는 사람들의 귀에 청명한 목소리가 들려왔다.

"우리는 함께 거대한 산을 넘었다."

가족을 찾던 사람들도, 시신을 붙들고 울던 사람들도 고개를 들어 목소리가 들리는 방향을 돌아봤다.

"지켜야 할 것을 지켰으나 잃고 싶지 않은 이를 잃었다."

소년처럼 앳된 분위기의 남자가 쓰러진 신단수 위에 서 있었다.

잿빛 머리칼의 그는 유난히 하얀 도포를 입고 있었다.

불어오는 바람에 도포 자락이 펄럭거렸다.

"비통하고 슬프겠으나……."

그가 팔을 올려 손가락으로 사람들을 가리켰다.

"그들이 무엇을 위해 싸웠고, 무엇을 위해 죽었는가. 그들이 죽는 순간에 무엇을 원했겠는가."

하루의 목소리는 크지 않았지만 힘이 담겨 있었다.

맑은 목소리에 담긴 힘이 비통함에 젖은 사람들의 가슴에 꽂혔다.

"함께 넘은 산 뒤에 무엇이 있을지는 결국 살아남은 우리가 정할 일. 너희는 소중한 이들과 함께 넘은 산 너머에 무엇이 있기를 바라는가."

하루는 더 이상 말하지 않았지만, 사람들은 그가 무엇을 말하고 싶은지 알 수 있었다.

또한 죽어간 사람들이 무엇을 원했는지도 알고 있었다.

어두운 절망으로만 채워졌던 그곳의 분위기가 서서히 바뀌었다.

슬픔은 여전했지만, 끝도 보이지 않는 어둠은 가셨다.

그들은 일부러 생각하려고 하지는 않았지만 저절로 알 수 있었다.

이 슬픔은 오래도록 지속되겠지만, 내 사람과 함께 넘은 거대한 산 너머에는 분명 아주 괜찮은 것이 존재하리라는 것을.

내 사람이 지키려고 했던 그것은 분명 아주 따뜻하고 아름다우리라는 것을.

제 88 화
후일담 part 1

환웅과의 싸움이 끝나고 일년이 지났다.

슬픈 봄, 가슴 아픈 여름, 비통한 가을과 유독 시린 겨울을 지나 또다시 봄이 찾아왔을 때는, 신시도 새로운 변화를 맞이하고 있었다.

작년 여름, 두두리 일족이 모습을 드러냈을 때 사람들은 놀라고 징그러워했다.

하지만 두두리들이 범, 괴물과 싸울 무기를 제작했다는 걸 알게 된 후로는 조금씩 태도를 바꿨다.

이제 두두리 일족은 지하로 돌아가지 않고 지상에서 인간들과 어우러져 살게 되었다.

범 또한 마찬가지였다.

세인이 과자를 와삭와삭 씹어먹으며 말했다.

"그래도 처음에는 많이 부딪쳤는데 이제는 그런 일도 거의 줄어든 것 같아."

사람들은 두두리들을 쉽게 받아들였지만, 범들은 아니었다.

범들에게 소중한 사람을 잃은 이들은 범족이 신시에서 사는 것을 반대했다.

물론 찬성하는 사람들도 많았다.

범들에게 도움을 받았거나, 환웅과의 싸움 때 범들의 희생을 지켜본 사람들이 그랬다.

범족은 불화를 일으키고 싶지 않다며 인왕산에 머물렀고, 그들의 조심스러운 태도는 범족을 싫어하고 두려워하던 사람들의 마음을 누그러뜨렸다.

최근에 범족은 인왕산 부근에 터를 잡고 지내게 되었다.

환이 활을 닦으며 말했다.

"지하에 뻗어 있던 혈관들은 다 철거했다더라."

"신시 아래에 그런 게 있었다니, 너무 징그러워. 진작 그걸 이상하다고 생각했다면 희생을 더 줄일 수 있었을 텐데."

"그러게 말이야. 그런데 세인이 너는 언제까지 여기에 있을 거야?"

가족이 없는 제하와 도건, 환, 하루는 전에 본부로 사용하던 집에서 같이 살기로 했다.

주안과 호수는 가족들에게 돌아갔지만, 세인은 여전히 본부에 남아 있었다.

"네가 쓸쓸할까 봐 같이 있어주는 거거든?"

"난 안 쓸쓸한데?"

"안 쓸쓸하긴. 밤마다 가족들 보고 싶어서 우는 거 다 알아!"

"아……."

환이 어두워진 표정으로 고개를 숙였다.

농담처럼 얘기를 꺼낸 세인은 당황해서 환에게 다가갔다.

"아니, 아니. 그런 뜻이 아니라……. 저기. 미안해. 내가 생각이 짧았어. 미안……."

"정말 미안해……?"

"응, 진짜로……."

"그럼……."

환이 손을 쭉 뻗어서 세인이 들고 있던 과자 봉지를 빼앗았다.

"이 과자는 이제 내 거."

"야, 뭐야! 운 거 아냐?"

"울긴 왜 울어?"

환이 보란 듯이 과자를 꺼내서 입에 넣었다.

"난 이제 괜찮아."

"……정말?"

"응, 정말."

환이 씩 웃었지만, 세인은 미심쩍다는 표정이었다.

"정말이야. 정말로 괜찮아. 보고 싶고 그립고…… 아직도 눈을 감으면 생각나고, 그때로 돌아가고 싶고, 꿈에 좀 나와줬으면 좋겠고……."

"뭐야, 안 괜찮은 거네."

"그런데 그때 하루가 그랬잖아. 산 너머에 무엇이 있기를 바라느냐고."

"응. 걔답지 않게 멋진 말이었지."

"그러게 말이야."

환이 키득키득 웃은 후에 말했다.

"내 동생이랑 우리 부모님은 내가 산 너머에서 뭘 보기를 바랄까, 그런 생각을 하면 계속 우울해하고 있기가 좀 그렇더라고. 그래서 괜찮아. 괜찮으려고 노력 중이야."

환의 밝은 모습에 세인은 오히려 가슴이 아팠다.

종종 환은 가족의 이야기를 하곤 했는데, 세인은 상상도 하기 어려울 만큼 따뜻한 가족이었다.

그토록 다정하고 따뜻한 가족을 잃은 심정이 과연 일이 년 사이에 괜찮아질까?

가족들과 함께 있을 때 단 한 번도 따뜻한 적이 없었던 세인은 환의 심정을 짐작조차 할 수 없었다.

환이 밝게 웃으면 웃을수록, 그 뒤에 자리 잡은 슬픔은 더 깊고 짙을 것만 같아서 가슴 아팠다.

"오, 세인, 환. 일찍들 일어났네!"

도건이 부스스한 머리로 방문을 열고 나오며 쾌활하게 말했다.

세인이 시계를 가리켰다.

"네가 너무 늦게 일어난 거지. 벌써 12시야."

"하, 너무 일찍 일어나버렸네."

"너도 참 대단하다. 어제도 11시쯤에 자지 않았어? 12시간 넘게 자면 허리 아프지 않아?"

"내 허리는 너와 달리 아주 튼튼하거든."

"야, 나도 튼튼하거든!"

도건이 콧방귀를 뀌며 주방으로 향했다.

"다들 밥 먹었냐? 김치볶음밥 해 먹을까 하는데."

"오, 나도 해줘."

"나도!"

세인과 환이 일어나서 주방에 있는 식탁에 앉았다.

도건은 성실하게 앞치마까지 두르고 요리를 시작했다.

도건이 프라이팬에 기름을 두르며 말했다.

"세인아, 넌 슬슬 집으로 돌아가 봐야 하지 않냐?"

"아, 왜 다들 자꾸 나만 쫓아내려고 그래?"

"너만 쫓아내는 게 아니라 넌 가족이 있잖아."

"없어. 그 사람들이랑 난 가족인 적 없어. 이 얘기는 끝!"

"아깝지 않아? 너, 의대생이었다면서? 이제 다들 일상으로 돌아가고 있는데 너도 복학해야지."

"안 해. 때려치울 거야. 의대 가고 싶지도 않았었고."

세인의 부모님은 장남이 의대에 가기를 바라며 전폭적으로 지원해주었지만, 장남은 의대에 가지 못했다.

부모님에게 사랑받고 싶었던 세인은 노력해서 형이 가지 못한 의대에 합격했지만, 기대했던 칭찬 대신에 씁쓸한 눈빛만 돌아왔다.

"아, 그러니?"

어색하게 말하던 어머니의 표정이 아직도 생생하다.

그래도 가족인지라 걱정이 되어서, 환웅과의 싸움이 끝나고 몰래 찾아간 적이 있었다.

다행히 세인의 가족은 모두 살아남았다.

그들의 생존 확인을 한 것으로 그들을 향한 의무는 다했다고 생각했다.

세인은 더 이상 가족 때문에 상처받고 싶지 않았다.

"그럼 이제 뭐 해 먹고살게?"

"왜 나한테만 그래? 도건이 넌 뭐 할 거 있어?"

"응, 나 다음 주부터 일해. 공사판에서."

"진짜? 환이 너는?"

"나는 아르바이트 구했어. 다음 학기에 복학하기 전에 돈을 좀 벌어두려고."

"뭐야, 왜 나한테는 말도 없이 너네만 성실해?"

도건이 웃었다.

"애도 아닌데 살길은 알아서 찾아야지. 이제 슬슬 그 힘도 다 사라질 것 같은데."

결계가 깨지면서 흘러나온 고대의 힘은 영원한 것이 아니었다.

신단수가 없는 신시에서 고대의 힘은 한동안 머물다가 어느 순간 완전히 사라져버렸다.

고대의 힘을 받아들여서 강해졌던 인간들은 그 덕에 싸움에서 얻은 상처를 빠르게 치료할 수 있었다.

하지만 시간이 지나자 그들에게 흡수되었던 힘도 서서히 사라져서, 이제는 대부분이 평범한 인간으로 돌아갔다.

하지만 타배의 영혼을 가지고 태어난 착호는 달랐다.

힘이 사라지는 것이 아니라 영혼 깊은 곳 어딘가로 숨어들어 잠드는 것 같았다.

필요한 일이 생기기 전까지는 나오지 않겠다는 듯이.

"하, 뭐야. 다들 나만 빼고 부지런하네. 아, 난 어떡하지? 돈 많이 주는 아르바이트 없나?"

"나랑 같이할래? 공사판에서 일하면 돈 많이 줘."

"힘든 일은 싫어."

"그럼 나랑 할래? 식당 서빙인데."

"서빙도 엄청 힘들다더라. 앉아 있을 시간이 없다던데."

도건과 환이 세인을 노려봤다.

세인이 뻔뻔하게 턱을 치켜들었다.

"왜! 뭐?"

"아니, 됐다."

도건이 고개를 절레절레 저으며 환에게 물었다.

"그런데 제하랑 하루는 어디 갔냐?"

"인왕산에."

✧✧✧

호수는 본부 근처에서 주안과 마주쳤다.

주안이 호수를 보며 빙그레 웃었다.

"오늘도 통했네."

타배의 영혼으로 연결되어 있기 때문인지, 그들은 본부를
방문할 때마다 마주쳤다.

호수가 주안의 어깨를 툭 치며 물었다.

"요샌 뭐 하고 지내?"

"아르바이트를 하고 있어. 아버지 사업장이 다 부서져서 먹
고살 길이 막막하거든."

"그런 것치고는 즐거워 보인다?"

주안이 하늘을 올려다봤다.

약간 긴 흑발이 주안의 움직임을 따라서 사르륵 흔들렸다.

"오늘은 날씨가 좋잖아."

호수도 따라서 고개를 들었다.

"그렇긴 하네."

"어머니는 좀 괜찮으셔?"

"응, 많이 괜찮아지셨어."

호수의 어머니는 불안증에 시달렸다.

호수는 제 모습이 변한 후 집에 돌아가지 않았고, 부모님은 호수가 죽은 줄 알고 있었다.

그러던 때에 괴물이 습격해서 도망치다가 아버지는 어머니를 보호하며 죽었다.

그런 일이 있었다는 걸 호수는 나중에야 알게 되었다.

호수가 집에 돌아간 건 환웅과의 싸움이 끝나고도 두 달이 지난 후였다.

부모님에게 변해버린 제 모습을 보이는 게 두려워서 집에 가지 못하는 호수를 도건이 떠밀었다.

"나는 가고 싶어도 못 가는 곳이야. 그러니까 갈 수 있을 때 가."

쓸쓸하게 웃으며 말하는 도건을 무시할 수가 없어서 용기를 냈다.

문을 열고 호수를 본 어머니는 호수의 눈동자 색이나 표정, 분위기가 변했다는 걸 조금도 개의치 않았다.

"호수야!"

죽은 줄 알았던 아들이 살아 돌아오자 어머니는 절규하듯 외치며 호수를 끌어안았다.

그제야 호수는 자신이 어떤 모습이어도 어머니에게는 그저 아들일 뿐이라는 걸 깨달았다.

어머니는 눈앞에서 남편을 잃은 충격에서 벗어나기 힘들어했지만, 이제는 많이 나아졌다.

그렇게 사람들은 큰 충격에서 벗어나 한 걸음씩 일상으로 돌아오고 있었다.

"너, 많이 사람다워졌다?"

주안의 말에 호수가 피식 웃었다.

"너도 그래, 인마."

호수의 눈동자는 서서히 검은색으로 돌아오고 있었다.

주안에게서 풍기던 범의 기운 역시 이제는 느껴지지 않았다.

하지만 그들은 자신들의 힘이 몸 안 깊은 곳 어딘가에 잠들어 있을 뿐이라는 걸 느낄 수 있었다.

"호수 너는 대학 복학 안 해?"

"글쎄, 생각 중이야. 이제 와서 대학을 다니는 게 무슨 소용이 있나 싶기도 하고."

"그래도 졸업장은 따두는 게 좋지 않아?"

"그러는 너는?"

"우리 대학은 완전히 부서졌거든. 올해 중순이나 되어야 복구가 다 된다고 하더라고."

"그럼 내년쯤엔 복학하겠네."

앞으로의 일을 의논하며 걷던 그들은 본부 앞에서 서성이는 중년의 여자를 발견했다.

그녀는 본부의 초인종에 손을 댔다가 깜짝 놀란 듯 도로 거두기를 반복하고 있었다.

주안이 고개를 갸우뚱했다.

"누구지?"

제 89 화
후일담 part 2

주안과 호수가 다가가서 누구냐고 묻기도 전에 그녀가 먼저 두 사람을 발견했다.

그녀는 우뚝 멈춰서 두 눈을 휘둥그레 뜨고 주안과 호수를 가만히 살펴보다가 입을 열었다.

"착호……."

호수가 팔을 뻗어 주안을 뒤로 물리며 물었다.

"누구시죠?"

대답을 듣지 않아도 누군지 짐작할 수 있었다.

그녀의 얼굴이 호수와 주안이 아주 잘 아는 누군가와 무척이나 닮았기 때문이었다.

차마 대답하지 못하는 그녀에게 주안이 조심스럽게 물었다.

"혹시⋯⋯ 세인이 어머니세요?"

그녀가 고개를 번쩍 들었다.

"세인이가⋯⋯ 내 이야기를 했나요?"

"네, 했어요. 아주 매정한 어머니시던데요."

호수의 싸늘한 대답에 세인 어머니의 얼굴이 창백해졌다.

그녀는 변명을 하고 싶은 듯 입술을 달싹거리다가 그만두고 고개를 숙였다.

"그래요. 그렇겠지요."

"돌아가세요. 세인이는 가족이 없어요."

"호수야⋯⋯."

주안이 호수의 팔을 잡았지만 호수는 냉랭했다.

"그쪽도 세인이를 자식이라고 생각하지 않잖아요. 안 그래요?"

"호수야!"

"왜? 내 말이 틀려? 주안이 너는 세인이랑 같은 방에서 자 본 적이 없지? 걔는 꿈에서 엄마를 찾아. 그리고 애원해. 자기 손을 놓지 말라고. 애가 그런 꿈을 꾸게 만드는 게 엄마야? 다들 세인이한테 집에 돌아가라고 하는데, 난 반대야. 걘 가족 없어."

호수의 매서운 말들이 세인 어머니의 가슴을 찔렀다.

세인 어머니가 털썩 주저앉았지만, 호수는 냉랭하게 지켜볼 뿐이었다.

주안이 당황해서 다가가 세인 어머니를 일으켰다.

"어머니, 일어나세요."

"무서웠어요……."

세인 어머니는 일어나지 않고 고개를 숙인 채로 말했다.

"무서워서……, 무서웠는데……, 그런데…… 세인이가 범에게 먹히는 순간……, 그제야 세인이가 내 아들이라는 게 떠올라서……."

"늦었어요."

호수가 주안을 끌어당겼다.

"부모라고 해서 자식에게 무슨 짓을 해도 용서받을 수 있는 게 아니에요. 아주머니는 그날 세인이 손을 놓으면서 아들을 버렸어요."

"알아요. 알지만…… 그래도 세인이가 잘 지내는지 궁금해서……. 그 애는 잘 지내나요?"

세인 어머니가 눈물 젖은 얼굴로 호수를 올려다보며 물었다.

후회와 괴로움, 슬픔과 죄책감이 세인 어머니의 얼굴을 타고 끊임없이 흘러내렸다.

하지만 호수의 차가운 눈동자는 흔들리지 않았다.

"잘 지내요. 전보다 훨씬 더."

✧✧✧

세인은 창가에 앉아서 어머니와 호수의 대화를 듣고 있었다.

세인의 입가에 쓴웃음이 떠올랐다.

"이놈의 귀는 왜 아직도 이렇게 좋아서 저런 얘기가 잘 들린담."

어머니가 집 앞을 서성거리는 건 아까부터 알고 있었다.

김치볶음밥을 잘 먹고 환기를 시키려고 창문을 열다가 어머니의 모습을 발견한 것이다.

어머니를 보는 순간 달려나갈 뻔하다가 멈췄다.

그리고 가만히 커튼에 모습을 숨기고 어머니를 지켜보는데, 호수와 주안이 어머니와 마주쳤다.

호수의 매서운 질책은 어머니에게는 채찍일지 몰라도 세인에게는 위로였다.

가족에게서도 느끼지 못했던 온기를 호수에게서 전해 받았다.

'오롯이 내 편.'

지금의 호수가 그랬다.

호수는 '그래도 가족이잖아.'라든가, '그래도 어머니인데 용
서해.' 따위의 말을 하지 않았다.

물론 세인은 도건과 환이 자신에게 집에 돌아가라고 하는
것 역시 자신을 생각해서 하는 말이라는 걸 알고 있었다.

그들은 가족을 잃었으니 가족의 소중함을 그 누구보다도
잘 알 것이다.

그래서 세인이 가족과 화해하고 가족만이 줄 수 있는 위안
과 온기를 느끼기를 바라는 것이리라.

'가족……'

방금 전까지만 해도 세인의 마음은 싸늘하게 식어 있었다.

하지만 어머니의 우는 얼굴을 보자 마음이 흔들렸다.

'가족이 뭔지…… 진짜……'

가족이라고 해서 무슨 짓을 해도 용서받을 수 있는 게 아니
지만, 가족이기에 무슨 짓을 해도 용서하고 싶어지는 건가 보
다.

어머니가 좀 운다고 마음이 무뎌지는 것을 보면.

설거지를 끝낸 도건이 와서 세인의 옆에 앉았다.

"괜찮냐?"

"그냥 그래."

"나는 가족이 없어서 막연하게 상상만 하거든. 가족이란 이 럴 것이다, 하고."

"응."

"내 상상 속의 가족은 그래. 따뜻하고 애정이 넘치고 서로를 아끼지."

"응."

"내가 아는 가족은 딱 여기까지라서 그 외의 가족은 잘 모 르겠다. 그냥……."

도건이 세인을 응시했다.

"우리도 가족이야."

세인이 씩 웃었다.

"알아. 근데 방금 그 말은 좀 닭살이야."

도건이 킬킬 웃으며 세인의 어깨를 두드렸다.

"하고 싶은 대로 해. 있을 곳을 정하는 건 결국 너 자신이니 까."

◈◈◈

제하와 하루는 인왕산 아래 범들의 구역에 도착했다.

한때 이살 타워를 중심으로 발전한 도시의 일부였던 인왕산 부근은 이제 범들과 두두리들이 살아가는 지역이 되었다.

몇 달 전까지만 해도 이 지역을 드나드는 인간이 없었지만, 이제는 범들과 두두리, 인간들 사이에도 교류가 생겨서 끊겼던 대중교통이 오가게 되었다.

제하와 하루가 버스에서 내리자 덩치가 큰 사내가 슬렁슬렁 걸어왔다.

하얀 머리카락에 하얀 피부를 가진 남자가 두 사람을 보며 씩 웃었다.

허서였다.

"오랜만이군."

"후포가 깨어났다면서?"

"그래, 제하. 이제 멀쩡하게 앉아서 식사도 하시지."

그날, 죽은 줄 알았던 후포는 미약하게나마 숨이 붙어 있었다.

허서는 제 동료들의 시신을 챙기면서 후포가 살아 있다는 걸 눈치챘다.

후포는 일년간 잠든 상태로 깊은 상처를 치료해나가다가 그저께 밤에 깨어났다.

제하에게 후포가 깨어났다고 연락해준 사람은 허서였다.

"주군이 깨어나셨다. 오랜만에 내 얼굴도 볼 겸, 올 테냐?"

후포는 한때 오피스텔이었던 건물의 5층 방에 있었다.

제하와 하루가 들어갔을 때, 후포는 창가에 우두커니 서서 창밖을 내다보고 있었다.

"주군, 제하랑 하루 왔어요."

허서의 말에 후포가 천천히 몸을 돌렸다.

후포의 모습을 본 제하는 내심 놀랐다.

한때 범들의 주군으로서 완벽한 위엄을 자랑하던 사내는 이제 막 병상에서 일어난 사람처럼 초췌하기 그지없었다.

비쩍 마른 몸과 퀭한 눈, 튀어나오는 관자놀이, 창백한 피부.

언제나 살기가 넘쳤던 두 눈동자는 탁해졌고, 커다란 손가락은 마디마다 뼈가 드러나 있었다.

제하가 입을 열었다.

"늙었네."

후포가 히죽 웃자, 잠시나마 건강할 때의 분위기가 드러났다.

"너희는 좋아 보이는군."

후포를 향한 제하의 감정은 여전히 미묘했다.

인간을 지키기 위해 싸우다가 죽을 뻔한 후포를 떠올리면 고맙다가도, 부모님을 떠올리면 후포가 미워서 견딜 수 없었다.

시간이 지나면 점점 사라질 줄 알았던 원망은 여전히 가슴 한 켠에 자리 잡고 있었다.

"내가 죽지 않아서 아쉽지는 않나?"

"글쎄. 아쉬울 줄 알았는데 이상하게도 다행이라는 생각이 먼저 들어."

"착한 녀석이군. 착한 녀석은 일찍 죽지."

제하가 두 손을 살짝 들고 어깨를 으쓱했다.

"난 이렇게 무사히 살아 있는데. 죽을 뻔한 건 그쪽이었지."

싸움이 끝나고 범과 인간 사이에 갈등이 생겼을 때, 어떤 꼬마는 후포를 두고 이렇게 말했다.

착한 범 아저씨.

어떤 범 사냥꾼도 꼬마의 의견에 동조했다.

좋은 범이야.

어떤 사람에게는 가족의 원수가 어떤 사람에게는 생명의 은인이었다.

그래서 제하는 후포가 살아남아 다행이라고 생각했다.

그대로 죽었더라면 미워할 기회도, 용서할 기회도 없었을 테니까.

미묘한 감정이 드러난 제하를 지켜보던 후포가 갑자기 무릎을 꿇고 고개를 숙였다.

"미안하다, 제하. 미안하다는 말로 용서를 받을 수는 없겠지만, 풍래를, 네 부모를 죽여서 미안하다."

제하는 묵묵히 후포의 사과를 듣다가 천천히 걸어가서 꿇어앉은 후포의 옆에 섰다.

제하는 창밖으로 보이는 신시를 내려다봤다.

예전이라면 이 시간에 수많은 차가 도로를 돌아다니고 많은 사람이 거리를 걸어 다닐 텐데, 지금의 신시는 그 어느 때에도 북적거리지 않았다.

한산한 거리는 큰 전투와 희생의 결과를 보여주듯 쓸쓸했다.

하지만 제하는 머지않아 이 도시가 다시금 북적거리고 활기가 넘치게 되리라는 걸 알 수 있었다.

"시간이 걸리겠지만 신시는 원래대로 돌아갈 거야. 아니, 환웅의 지배 아래에 있을 때보다 더 좋아지겠지."

"……."

"조금씩, 조금씩 증오는 마모되고 그보다 나은 감정이 그 자리를 채우게 될 거야. 당신을 향한 내 마음 또한 그렇겠지."

제하는 손을 뻗어 후포를 일으켜 세웠다.

"건강하게 살아, 후포. 내가 마음껏 미워하다가 지쳐서 용서하고 싶어질 때까지."

세인은 오랫동안 발길을 하지 않았음에도 익숙한 길을 걸었다.

며칠 전 어머니가 찾아온 이후, 세인은 많은 고민을 했다.

신시의 싸움이 끝난 후, 사람들은 용서의 길을 걷고 있었다.

인간은 범을 용서하고, 두두리는 자신들을 지하로 밀어 넣었던 인간을 용서했다.

묵은 감정이 남아 있긴 해도 그 감정을 넘어선 곳에 더 나은 것이 있다는 걸 알기에 서로를 받아들이기 위해 노력하고 있었다.

다른 종족끼리도 그러는데 하물며 가족이랴.

"기대랑 달라서 울고 돌아올지도 몰라."

세인이 그렇게 말했을 때, 제하는 웃으며 대꾸했다.

"티슈 정도는 뽑아줄게."

티슈 정도는 뽑아줄 친구가 있으니 더는 두려울 것이 없었다.

세인은 가슴에 박힌 가시 하나를 뽑아내고 싶었다.

그것이 성공적이든 실패하든, 세인에게는 이제 돌아갈 곳이 있었다.

그래서 세인은 자신의 싸움을 끝내기 위해, 익숙하고도 낯선 길을 걸어가 단 한순간도 아늑한 적 없었던 자신의 집 앞에 섰다.

세인은 크게 심호흡하고 천천히 초인종을 향해 손을 뻗었다.

이 높은 산 너머가 따뜻하기를 기대하면서.

〈7FATES: CHAKHO〉 THE END

7FATES
CHAKHO 7
WITH BTS

2023년 12월 20일 초판 1쇄 발행

기획/제작 | HYBE
공 동 기 획 | WEBTOON

발 행 인 | 정동훈
편 집 인 | 여영아
편 집 국 장 | 최유성
편   집 | 양정희 김지용 김혜정 김서연
디 자 인 | DESIGN PLUS

발 행 처 | (주)학산문화사
등   록 | 1995년 7월 1일
등 록 번 호 | 제3-632호
주   소 | 서울특별시 동작구 상도로 282 학산빌딩
편 집 부 | 02-828-8988, 8836
마 케 팅 | 02-828-8986

ISBN 979-11-411-1994-2 03810
ISBN 979-11-411-1987-4 (세트)

값 9,800원